U0001104

愛經典

閱讀經典，成為更好的自己。

大亨小傳

THE GREAT GATSBY

by F. Scott Fitzgerald
史考特・費茲傑羅 著
董繼平 譯

緣起

卡爾維諾說：「『經典』即是具影響力的作品，在我們的想像中留下痕跡，並藏在潛意識中。正因『經典』有這種影響力，我們更要撥時間閱讀，接受『經典』為我們帶來的改變。」因為經典作品具有這樣無窮的魅力，時報出版公司特別引進大星文化公司的「作家榜經典文庫」，期能為臺灣的經典閱讀提供另一選擇。

作家榜經典文庫從二〇一七年起至今，已出版超過六十本，迅速累積良好口碑，不斷榮登豆瓣讀書暢銷榜。本書系的作者都經過時代淬鍊，其作品雋永，意義深遠；所選擇的譯者，多為優秀的詩人、作家，因此譯文流暢，讀來如同原創作品般通順，沒有隔閡；而且時報在臺推出時，每部作品皆以精裝裝幀，質感更佳，是讀者想要閱讀與收藏經典時的首選。

現在開始讀經典，成為更好的自己。

作者簡介

史考特・費茲傑羅

F. Scott Fitzgerald，1896—1940

二十世紀美國最傑出的作家之一，「迷失的一代」（Lost Generation）的代表。出生於美國明尼蘇達州的一個商人家庭，二十二歲時愛上美豔的豪門千金，婚後縱情享樂而又歸於破滅的生活經歷，對其寫作風格影響很大。

短短一生創作了《塵世樂園》（一九二〇）、《美麗與毀滅》（一九二二）、《大亨小傳》（一九二五）、《夜未央》（一九三四）等長篇小說，以及一百七十多篇短篇小說如〈班傑明的奇幻旅程〉（於二〇〇八年改編成電影）。

《大亨小傳》被譽為一部關於美國爵士時代的百科全書，自一九二五年出版以來暢銷至今，入選《時代》雜誌票選百大經典小說，並高踞美國藍燈書屋世紀百大經典小說第二名，海明威、沙林傑、村上春樹等人都推崇備至。

作家榜推薦詞

一本偉大的書也會引發偉大或糟糕的命運。它帶給作者無上光榮，也會給作者帶來無上空虛。我說的是《大亨小傳》。最終，四十四歲的費茲傑羅為空虛所害，死於壯年。

這究竟是一本怎樣的書？為什麼如此嚇人？如此了不起？

艾略特認為，費茲傑羅用這本書將美國小說帶上了宏大、熙攘、輕率的尋歡之旅。

而村上春樹卻願意把至高無上的地位讓給它。他說，隨手翻開一頁，隨時妙不可言。

一個獲得了諾貝爾獎，帶著譏誚；一個還沒獲諾貝爾獎，滿含謙卑。

最膜拜這本書的是比爾．蓋茲和他的妻子。這是他們一生中重讀最多次的小說。他們甚至把書中的一句話貼在牆頭：他的夢似乎已近在咫尺，他幾乎不可能抓不住。

但是，我相信，除了摯友海明威，費茲傑羅不會關心任何人的意見。他與海明威情同手足，他們的親密關係甚至讓妻子澤爾達抓狂又傷心。

他曾經巫師般預言，海明威每發表一部傑作就會離一次婚。

而海明威的預言幾乎將費茲傑羅直接處決。他認為自《大亨小傳》後，費茲傑羅不可能再寫出更好的作品。原因是，對於財富的敬畏，會讓費茲傑羅完蛋，會毀了他的一生。

非常不幸，海明威的預言像一顆子彈般準確地把費茲傑羅擊中了。小說中，蓋茨比死了，他獻身於一種「博大、庸俗、華而不實的美」，他的死，像煙花寂滅，空洞、華麗、悲涼；生活中，費茲傑羅死了，他拖稿、酗酒、破產、妻子去了精神病院，最終，他像一輛脫軌的列車跌下懸崖，徹底崩潰。

大家都知道，蓋茨比是一個悲劇，每個人都把費茲傑羅的一生看成是這個悲劇的倒影。而更多的人，把費茲傑羅的妻子澤爾達視為悲劇的核心。

因為她瘋狂、任性、嬌生慣養、無法無天，她讓費茲傑羅神魂顛倒，最終深陷泥沼。

多麼惡俗，這就是人類所能接受的版本。

但我想說，如果你讀讀費茲傑羅和澤爾達的情書，或許會有另外的理解，你或許會覺得，他的妻子是一隻塵世中的仙鶴，帶著自由的風聲……

要知道，俗世的豐功偉績、華堂美玉，較之於愛情，都是浮雲糞土，都會黯然失色。甚至愛情也終將幻滅。

所以，我們會在他的墓碑上看到小說中的句子：「於是我們奮力逆水行舟，又註定要不停地退回過去。」或許，這才是一本穿過漫漫歲月的經典，所能給予我們的浩瀚的深意。

何三坡

二〇一七年二月十四日於作家榜大星文化

目次

導讀

「爵士時代」幻滅的美國夢

如您所知，隨著一九一八年第一次世界大戰塵埃落定，美國開始進入一個新時代——「咆哮的二〇年代」（Roaring Twenties）。和平的來臨使得美國社會彌漫著樂觀氣息，大家更加追求豐富多彩的時尚與風格，從而催生了社會創新和創造力。與此同時，由於社會的急劇變革，傳統文化和社會準則也受到了時代浪潮的挑戰。

美國作家史考特．費茲傑羅其巔峰時期的經典作品《大亨小傳》，寫透了此時美國社會變革與人情世故。正是因為他的這部經典，這個時代又被稱為「爵士時代」——美國近現代史上一個著名的標誌和象徵。

史考特．費茲傑羅，被公認為二十世紀美國最偉大的小說家之一，一八九六年九月二十四日生於美國明尼蘇達州聖保羅市的小商人家庭，其祖上富有，到他父親這一代已家道中落。一九一三年，他在親友的資助下進入美國名校普林斯頓大學，儘管學業不佳，但才華出眾，頻頻參加社會和文學活動，十八歲時在舞會上邂逅了美麗富有的交際花基維拉．金，兩人的貧富差距未能讓其終成眷屬，基維拉的父親對他這個窮小子的百般羞辱，更在他心中留下了難以磨滅的印記。

一九一七年春天，美國宣布參加「一戰」，費茲傑羅應徵入伍，但還沒來得及奔赴歐洲前線，戰爭就宣告結束。一九一八年，作為年輕軍官的費茲傑羅又邂逅了十八歲的美麗少女澤爾達．塞瑞，澤爾達出身不凡，從小嬌生慣養，對物質生活的要求頗高，她答應只要費茲傑羅能讓她過上優渥生活，就嫁給他。同年年底，費茲傑羅剛一退伍便前往紐約，在廣告公司找到了撰寫廣告文案的工作，但收入微薄，因此與澤爾達的婚約也岌岌可危。隨後，費茲傑羅回到故鄉，潛心文學創作。

一九二〇年二月，他創作出了第一部長篇小說《塵世樂園》，這部小說剛一問世，就因鮮活的時代感而一炮走紅，幾天之內第一版便銷售告罄，引來眾多雜誌向他約稿，其收入自然也就不菲；同年四月三日，澤爾達終於跟費茲傑羅結婚。婚後，費茲傑羅繼續創作，又於一九二二年推出了第二部長篇小說《美麗與毀滅》，也大受歡迎。

二十世紀二〇年代堪稱費茲傑羅創作的「黃金十年」。此時，他在美國文壇上炙手可熱，每年的收入遠遠超過一般作家，因此夫妻倆揮金如土、縱情享樂，特立獨行的行為屢屢被刊登在各種小報上，成為大家茶餘飯後的話題。一九二四年，夫妻倆移居法國，但他們的婚姻很快亮起了紅燈：正當費茲傑羅集中精力創作《大亨小傳》，澤爾達卻生活奢靡，頻頻出入於社交場所，還搞起了婚外情，跟他鬧離婚，使得他開始借酒澆愁；而澤爾達本人的精神狀況也出現了問題：她行事很講排場，且奢侈無度，給費茲傑羅帶來沉重的負擔。一九三〇年，澤爾達初次精神崩潰，後來被診斷為精神分裂症。

一九二九年，美國陷入經濟大蕭條，隨後波及全球，費茲傑羅的黃金時代也一去不返。儘管他在一九三四年還推出了第四部長篇小說《夜未央》，卻並不成功。他又開始借酒澆愁，逃避現實，還養成了拖稿的習慣，致使許多出版社和雜誌社都不敢再向他約稿，他的經濟狀況每況愈下。一九四〇年十二月二十一日，費茲傑羅因酗酒過度引起心臟病突發去世，年僅四十四歲，留下一部未完成的遺稿《最後的影壇大亨》。七年之後，住在精神病院的澤爾達喪生火海，夫妻倆合葬於馬里蘭州的羅克韋爾公墓，墓碑上鐫刻著《大亨小傳》結尾的那句名言：「於是我們奮力逆水行舟，又註定要不停地退回過去。」

除了眾多短篇小說，費茲傑羅一共著有五部長篇小說：《塵世樂園》（一九二〇）、《美麗與毀滅》（一九二二）、《大亨小傳》（一九二五）、《夜未央》（一九三四）、《最後的影壇大亨》（一九四一）。而其中，尤以《大亨小傳》最成功、最知名，成為二十世紀美國文學乃至世界文學中的經典和具有劃時代意義的傑作。

《大亨小傳》是費茲傑羅的第三部長篇小說，出版於一九二五年，小說描述了一九二二年夏天發生的故事，以當時繁榮的紐約長島上虛構的小村莊——西卵為背景，內容涉及年輕而神祕的百萬富翁傑伊・蓋茨比，以及他對交際花黛西・布坎南的唐・吉訶德式的激情和迷戀。作為費茲傑羅的代表作，這部作品探討了頹廢、理想主義、對變革的抵抗、社會劇變等問題，它還展現出了「爵士時代」和「咆哮的二〇年代」或宏大或細微的圖景，揭示了「美國夢」在那個時代的日漸式微。

小說中，費茲傑羅本人的影子也無處不在，他早年生活中的很多事件都反映在其中：費茲傑羅本人就是一個出生在明尼蘇達州的年輕人，就像小說中的尼克一樣，他也曾在常春藤聯盟名校普林斯頓大學讀書（小說中的尼克則在耶魯大學讀書）。他跟主人公傑伊・蓋茨比也頗有相似之處——在遠離家鄉服役的時候，於阿拉巴馬州蒙哥馬利市的謝里丹軍營，愛上了十八歲的美麗少女澤爾達，儘管她最終同意嫁給他，但她偏愛財富與娛樂，直到費茲傑羅最終用文學成就證明了自己的才能，才得以完婚。而且他還像蓋茨比一樣，始終崇拜非常富有的人，也深愛著一個女人，受到了愛情的驅使，而那個女人象徵著他渴求的一切，即便是她引導他走向自己原本蔑視的一切，他也心甘情願。

《大亨小傳》故事發生的年代，正是美國社會急劇變革的年代，「一戰」

造就的「迷失的一代」（Lost Generation）登場，持續了一百多年的「美國夢」開始動搖，美國人不得不在傳統價值觀和新的價值觀之間做出選擇。這部作品的問世，在一定程度上揭示了「美國夢」的式微與破滅。小說中，這些人從相對落後的西部來到相對發達的東部追尋「美國夢」，卻以慘澹的結局收場，這本來就是隱喻當時的美國社會。

在《大亨小傳》中，費茲傑羅以細膩的筆觸描繪了紐約眾生相——實際上也是美國眾生相。形形色色的人物、不同的性格，在他的筆下都變得鮮活起來，具有很強烈的象徵意義。如在第四章一開篇，作者就列舉出了一個蓋茨比派對賓客的名單，其中的人物來自不同領域、不同階層，且各具特色，比如「每當菲雷特漫步走進花園，那就意味著他輸光了錢」，寥寥數語就把賭徒的特殊習慣描述得惟妙惟肖。更有趣的是，在作者列舉的人名中，有很多都是動物的名字：「西維特」（Civet，麝貓）、「布萊克巴克」（Blackbuck，印度羚）、「懷特貝特」（Whitebait，銀魚）、「漢默海德」（Hammerhead，槌頭雙髻鯊）、「羅巴克」（Roebuck，雄獐）、「菲雷特」（Ferret，白鼬）、「布林」（Bull，公牛）……用這些動物名來作為小說中的人名，可見蓋茨比聚會的賓客中各色人物均有，足見作者的良苦用心。

《大亨小傳》問世近百年來，不僅進入了美國高中課程，還頻頻被搬上銀幕與舞臺，是學術界公認的「二十世紀美國最佳長篇小說」之一，和整個英語文學圈的經典。這部經典長久傳世，在於它不僅完美呈現了「爵士時代」，而且大大啟發了後來所有時代中的人——這才是它的不朽所在。難怪出生於美國的英國著名詩人、一九四八年諾貝爾文學獎得主T．S．艾略特將其譽為「美國小說自從亨利．詹姆斯以來邁出的第一步」。

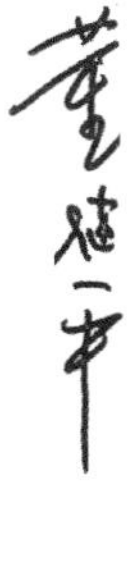

二〇一七年一月於重慶雲滿庭

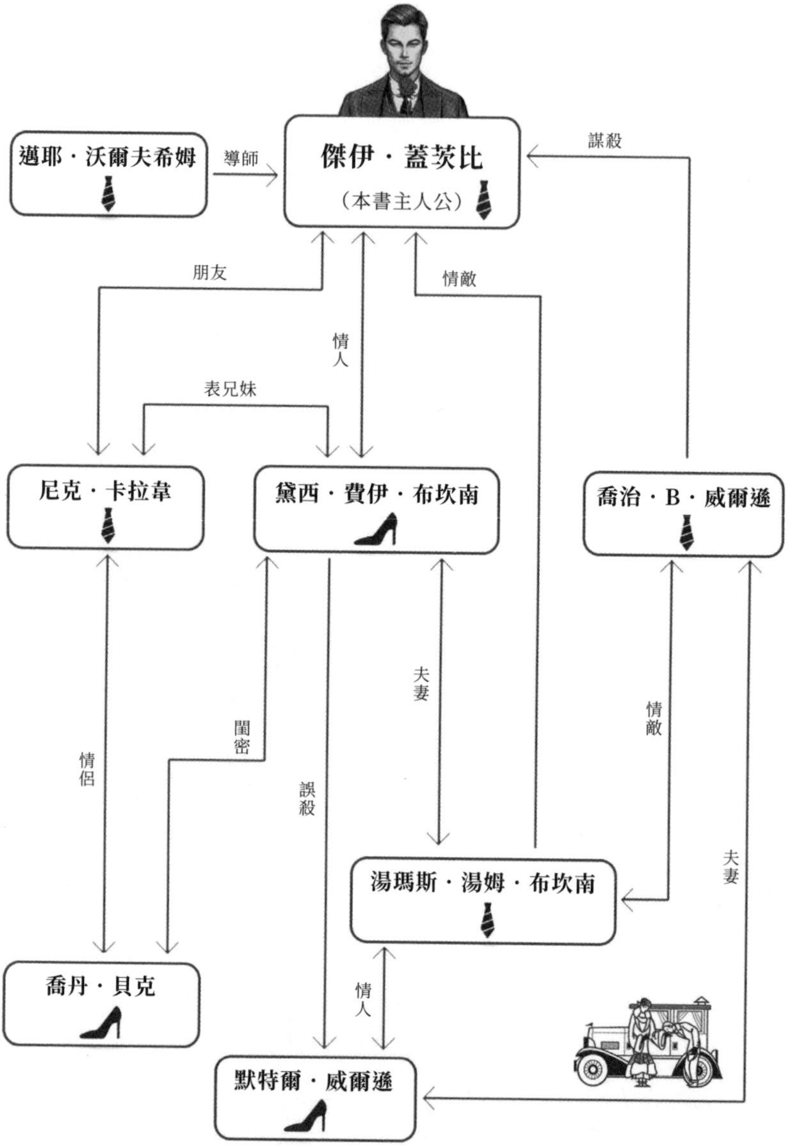
傑伊・蓋茨比
（本書主人公）
邁耶・沃爾夫希姆
導師
謀殺
朋友
情人
情敵
表兄妹
尼克・卡拉韋
黛西・費伊・布坎南
喬治・B・威爾遜
情侶
閨密
誤殺
夫妻
情敵
夫妻
湯瑪斯・湯姆・布坎南
喬丹・貝克
情人
默特爾・威爾遜

主要人物介紹

傑伊‧蓋茨比（原名詹姆斯‧吉米‧蓋茨）：年輕、神祕的百萬富翁，他如何致富是個謎，出生於北達科他州。他迷戀黛西‧布坎南，「一戰」期間，曾和她有一段浪漫關係。據說在「一戰」結束後，蓋茨比還曾在英國牛津大學三一學院短暫就讀過。

尼克‧卡拉韋：小說的第一人稱敘述者， 二十九歲（後來三十歲）。耶魯大學畢業生、「一戰」老兵，出生於中西部，後來前往紐約學做債券生意，並成為蓋茨比的鄰居。

黛西‧費伊‧布坎南：出生於肯塔基州路易斯維爾的年輕交際花，為人膚淺、自私，但很有魅力、讓人興奮，被視為輕佻的女人。她是尼克的遠房表妹、湯姆‧布坎南的妻子。

湯瑪斯‧湯姆‧布坎南：住在東卵的百萬富翁、黛西的丈夫。他體格健壯、聲音沙啞、行為傲慢，令人印象深刻。耶魯大學畢業生，白人至上主義者，曾經是橄欖球隊隊員。

喬丹‧貝克：黛西‧布坎南的閨中密友，有「秋葉般的黃頭髮」、健碩的運動員體格、孤傲冷漠的態度。她是高爾夫球選手，但名聲很成問題，為人喜歡說謊、虛偽。

喬治‧B‧威爾遜：機修工和一家汽車修理廠的老闆。他深受自己的妻子默特爾‧威爾遜和湯姆‧布坎南的輕蔑和厭惡。

默特爾‧威爾遜：喬治的妻子、湯姆‧布坎南的情婦。默特爾精力旺盛，不顧一切地尋求婚外情的庇護。

邁耶‧沃爾夫希姆：蓋茨比的猶太朋友和導師，非法操縱世界棒球聯賽的賭徒。

再次獻給澤爾達

如果會感動她，那就戴上金帽；
如果你能高跳，也為她跳起，
直到她大叫：「愛人，戴著金帽、高跳的愛人，
我必須擁有你！」

——湯瑪斯．派克．丁維利爾斯[1]

1. Thomas Parke D'Invilliers，費茲傑羅的筆名，以及其小說《塵世樂園》中的人物。

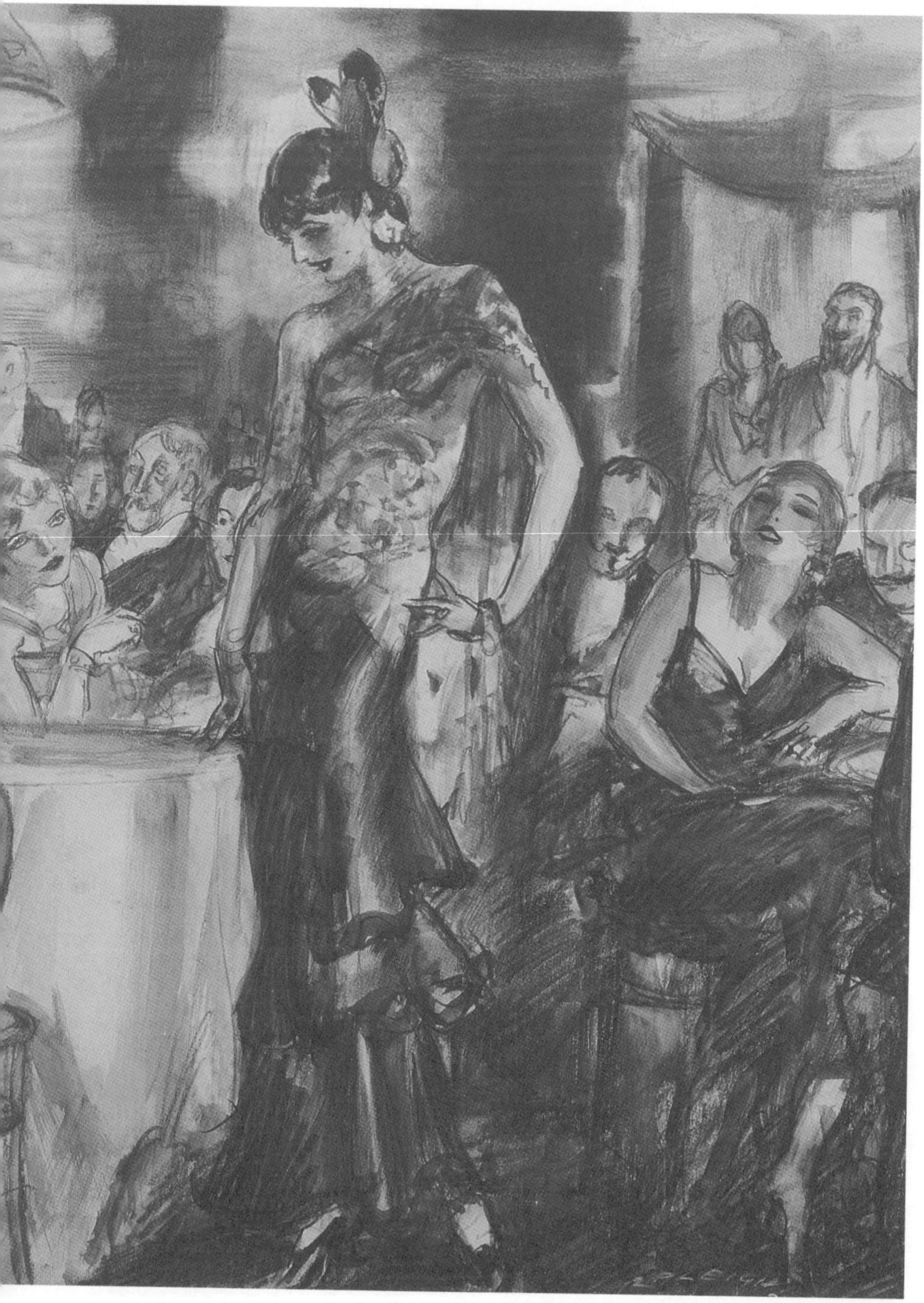

「每當你想批評別人，」他告訴我，「你都要記住：世人沒有你所擁有的優勢。」

第一章

在我青澀而容易受傷的那些歲月，父親就忠告過我，從那時起，我就一直在反覆思考他的忠告。

「每當你想批評別人，」他告訴我，「你都要記住：世人沒有你所擁有的優勢。」

他再也沒說什麼，我們之間的話雖不多，卻始終能瞭解彼此，我明白他的話另有弦外之音。結果，我就習慣了保留所有的評判，而這種習慣讓許多怪人向我展露本性，也讓我淪為不少世故、無聊之人的受害者。當這種習慣出現在正常人的身上，那些思想異常的人就會迅速發現、並且依附上來，因此，我在大學裡就被人不公正地指責為政客，因為那些瘋狂的陌生人常來找我傾訴，吐露祕密的憂傷。大部分人都是主動找上門來找我傾吐祕密——當我藉由某種準確的預兆，意識到一種私密的告白即將來臨，我常常會裝睡、裝忙，或者顯出不懷好意的輕浮態度，因為年輕人的這種私密告白，或者至少是他們用來說出那些祕密的話語，通常是剽竊來的，而且明顯因為有所隱瞞而不完整。將評判的言語留在心裡，是因為還有無限的希望。正如我的父親有些勢利地暗示的那樣，我也有些勢利地再說一次：人出生的時候，基本的道德觀就都不一樣。如果我忘記這一點，我就依然有點害怕會遺漏什麼。

吹噓我的這種寬容方式之後，我最終承認寬容也有限度。人類的行為既可以建立在堅固的岩石上，也可以建立在溼漉漉的沼澤上，但在到達了某種程度之後，我就不在乎它建立在什麼上面了。去年秋天，當我從東部回來，我就感到自己想讓世人都穿上軍裝，永遠在道德上保持立正。我再也不想去參加那些喧鬧的遠足，也不想以特權去窺視人類的內心。只有蓋茨比，那個把自己的名字賦予本書的人，沒在我的反應範圍之內——他曾經代表著我內心真正蔑視的一切。如果人的品格是一連串成功的手勢，那麼他的身上就散發出某種奇異的光彩，對人生的希望就具有某種高度的敏感，彷彿他被連上一臺記錄萬里之外的地震的精密儀器上。這種敏感和那種美其名為「創造性氣質」的優柔寡斷毫不相干——這是一種永遠懷抱希望的非凡天賦、一種浪漫的欣然態度，我從不曾在其他人身上發現這樣的特質，今後也不太可能發現了。不，結果蓋茨比還是讓人相當滿意；是掠食蓋茨比的東西，和當他夢醒時飄起的汙濁灰塵，讓我暫時對世人未竟的哀傷和短暫的歡欣失去了興趣。

在這個中西部城市，我這個家族三代以來都是著名的殷實之家。卡拉韋家族算得上名門望族，而且我們還有個傳統，那就是我們是布克勒奇公爵[2]的後裔，但是，我這個支脈的實際創始人卻是我祖父的兄長——他在一八五一年來到這裡，找人替代他去參加內戰，自己卻開始做起了五金批發生意，而我的父親則將這門生意繼承了下來，延續至今。

2. Dukes of Buccleuch，蘇格蘭著名貴族。

我從未見過我的伯祖父，但據說我長得很像他，掛在父親辦公室裡的那幅肖像——那幅板著鐵板面孔的肖像，可作參考。一九一五年，我從紐黑文[3]畢業，恰好比我的父親晚畢業二十五年，稍後，我就參加了那場遲來的條頓人[4]大遷徙，也就是著名的「世界大戰」。我太沉浸在反攻勝利的喜悅中，因此回鄉之後，就變得不安起來。如今，中西部不再是溫暖的世界中心，卻像是荒涼的宇宙邊緣，因此，我決定前往東部，去學習做債券生意。我認識的人都在做債券生意，所以我認為它能多養活我這樣一個單身漢。我的叔伯姑姨為此商量了一陣，彷彿是在為我挑選一所預備學校，最後才臉色嚴肅而猶豫地說：「呃……好……好吧。」父親同意資助我一年的費用，幾經耽擱之後，我才在一九二二年春天前往東部，我想，我從此就一去不返了。

在城裡，當務之急是找到棲身的房子，但那個季節很溫暖，我剛剛離開草坪寬闊、樹木宜人的鄉間，因此，當辦公室裡的一個年輕同事提議我們到郊區小鎮去合租一套房子，我就覺得這個主意實在是太好了。他找到了房子，一座飽經日曬雨淋的木板平房，月租八十美元，可是在最後一刻，公司卻把他派往華盛頓去工作，於是我只好獨自前往郊區居住。我養了一條狗，但幾天之後牠就不告而別，我還有一輛老舊的道奇汽車和一個芬蘭女傭——她為我整理床鋪、做早餐，在電爐上一邊做飯，一邊自言自語地咕噥著那些芬蘭格言。

孤單了幾天之後，一天早晨，有個比我來得更晚的人在路上攔住了我。

「到西卵村怎麼走呢？」他無助地問道。

我給他指了路。我繼續前行的時候，就再也不覺得孤單了。我成了嚮導、探路者、最初的定居者。他偶然把只有當地公民才享有的特權授予了我。

因此，隨著明媚的陽光，隨著樹上長出大簇的葉子——就像電影中快速生長的東西，那個熟悉的信念又重返我的腦海：隨著夏天來臨，生活正在重新開始。

首先，需要閱讀那麼多東西，從清新宜人的空氣中，需要汲取那麼多有益

3. New Haven，位於美國康乃狄克州，耶魯大學的所在地。
4. Teutonic，即日耳曼人。

的營養。我買了十幾本關於銀行、信貸和投資證券業務的書籍，這些紅色燙金封面的書籍擱放在書架上，就像造幣廠新印製的錢幣，準備揭示邁達斯[5]、摩根[6]和米西納斯[7]閃耀的祕密。除此之外，我還野心勃勃，打算閱讀很多其他書籍。我在大學時代就喜歡寫作，有一年還給《耶魯新聞》寫過一系列嚴肅而又平淡無奇的社論，而現在我要把諸如此類的東西統統重新納入我的生活，讓自己重新成為所謂的「通才」，也就是那種「萬金油」似的人。這並非只是諷刺性警句——畢竟，若是單單只從一扇窗戶觀察，就會覺得人生成功得多。

純屬偶然的是，我租來的這座房子坐落在北美一個最奇異的社區中。這個社區位於一個狹長、喧鬧的小島上，而小島則在紐約市的正東面延伸，那裡，除了其他自然奇觀，這片土地還構成了兩個不同尋常的地方：在距離城市二十英里之處，有一對巨大的卵形半島，兩者外形完全一樣，中間隔著一道風平浪靜的小海灣，延伸到西半球那片最溫順的海水之中，那便是長島海峽溼漉漉的巨大的場院。它們並非完美的卵形，就像哥倫布故事中的雞蛋一樣，它們都被碾平了，但對於在頭上飛翔的鷗鳥，它們的自然外貌肯定引發永久的混亂。對於沒有翅膀的人類，一個更引人注目的現象就是，兩地除了形狀和大小，每一個細節都截然不同。

我住在西卵，哦，它在兩個半島中並不那麼時髦，然而這是最膚淺的標籤，無法表達兩者之間那種古怪離奇和眾多不祥之處的對比。我的房子位於這個卵形地帶的頂端，距離海峽只有五十碼，被夾在兩處每季租金都要一萬二或一萬五千美元的大別墅之間。不管用哪種標準來衡量，我房子右邊的那幢別墅都堪稱龐然大物——它實際上模仿了諾曼第的某個市政廳，它的一邊有一座嶄新的塔樓，上面覆蓋著一層稀稀落落自然生長的常春藤，還有一個大理石游泳池、四十多英畝草坪和花園。這就是蓋茨比的公館。更確切地說，因為我並不認識蓋茨比先生，這是某個叫作蓋茨比的紳士居住的府邸。我自己的房子則很難看，但因為體貌較小而並不引人注意，並且被旁邊高大的房

5. Midas，希臘神話中愛財的國王，曾求神賜予其點金術。
6. Morgan，美國財團。
7. Mæcenas，古羅馬富豪，曾慷慨資助文化人。

子俯視著，因此我才有幸欣賞到海水、我鄰居的部分草坪，還因為能毗鄰百萬富翁而感到安慰——這一切，只需我每月支付八十美元。

在這風平浪靜的小海灣對面，是時髦的東卵，那裡的白色宮殿沿著水岸而閃閃發光，那個夏天的故事，真正始於我驅車前往那裡，與湯姆．布坎南夫婦共進晚餐的那天傍晚。黛西是我的遠房表妹，而湯姆則是我在大學時代就認識的朋友。戰爭剛剛結束之後，我還在芝加哥跟他們一起度過了兩天。

黛西的丈夫，除了在各種體育運動中頗有造詣，還曾經是紐黑文有史以來橄欖球賽場上最偉大的邊鋒之一，在某種程度上聞名全國，他這類人在二十一歲時就迅速到達了成就的巔峰，而此後的一切又有了漸漸走向衰落的意味。他的家族擁有巨大的財富，即便是在大學時代，他大手大腳地花錢已經遭人非議，但現在他離開了芝加哥、搬到東部，當時搬家的排場盛大，幾乎讓你喘不過氣來：比如，他從森林湖運來了一群專用於打馬球的小型馬。在我這一代人中，一個人能闊綽到這個地步，簡直讓人難以置信。

至於他們為什麼要搬到東部來，我就不得而知了。他們曾經不明不白就前往法國，在那裡待了一年，然後又不安定地東飄西蕩，所去之處都有人打馬球，而那些人也同樣富有。黛西在電話裡說，這一次是永久定居了，但我並不相信——我無法看透黛西的心思，不過，我感到湯姆會永遠漂泊下去，他有點渴望去尋找那一去不返的橄欖球賽，那裡面有某種戲劇性的刺激。

因此，在一個溫暖多風的傍晚，我驅車前往東卵，去拜訪那兩位我幾乎根本不瞭解的老朋友。他們的房子比我想像的還要精緻，那是一幢喬治殖民時期風格的府邸，紅白相間，令人愉悅，俯瞰著小灣。草坪從海濱開始，一路延伸四分之一英里，越過日晷、磚石步道和氣氛熱烈的花園，抵達府邸的前門，最終抵達房子的時候，彷彿借助奔跑的動力，在房子旁邊變成了鮮豔的藤蔓，一路攀緣上去。房子正面鑲嵌著一連串落地長窗，那些窗戶此刻因為反射著金光，迎著下午的暖風而寬寬地敞開。湯姆．布坎南一身騎裝，雙腿叉開站在前門廊上。

自從在紐黑文生活以來，他的樣子就有了變化。如今，他已經三十多歲了，強健、堅定，頭髮呈現出淡黃色，嘴唇堅韌，舉止高傲，閃爍、傲慢的雙眼在他的臉上顯得很突出，讓他露出始終咄咄逼人地前傾的樣子。即便是他身著的騎裝展現出女人般的優雅，也無法隱藏那個身軀的巨大力量——等他繃緊上面的帶子時，他似乎填滿了那雙閃亮的馬靴，而當他的肩頭在薄薄的外衣下移動，你就能看見一大塊移動的肌肉。這是一個孔武有力的軀體——一個殘忍的軀體。

他說話的聲音，流露出粗啞的男高音，這無疑加深了他給人傳遞的那種暴躁的印象。話音中，他還帶有一點父輩般的輕蔑意味，即便是對他喜歡的人也不例外——早在紐黑文，就有人對他恨之入骨。

「現在，別僅僅因為我比你強壯、更像男子漢，」他似乎在說，「就認為我對這些事情的觀點是最後的決定。」當年，我們同在一個高年級學生社團中活動，而關係卻並不親密，我始終認為他讚賞我，而他懷著那種粗糲、挑釁性的願望，希望我也喜歡他。

在陽光明媚的門廊上，我們交談了幾分鐘。

「我這地方很不錯。」他說，眼睛不安地轉來轉去。

他伸出一隻手，讓我轉過身來，展開寬大、扁平的手掌劃過前門的景色，在他的手掃掠之中，包括了一座下沉式義大利花園，半英畝顏色深沉、氣味濃郁的玫瑰花，還有一艘在岸邊隨著潮汐起伏的塌鼻式摩托艇。

「這座府邸原來屬於石油大亨德梅納。」突然間，他再次彬彬有禮地推著我轉過身去，「我們到裡面去吧。」

我們穿過高高的走廊，進入一個亮麗的玫瑰色空間，在兩端的落地長窗旁邊，這個空間被精細地約束在房子之中。窗戶半開著，迎著外面清新的草叢而微微閃爍著白光，而那些草叢則似乎要延伸到房子裡面。一陣微風吹過房間，從一端吹起窗簾，又將其如蒼白的旗幟從另一端吹出去，吹向天花板上那些霜狀婚禮蛋糕似的圖案——然後如同風吹過海面，在深紅色的地毯上泛起漣漪，留下陰影。

房間裡，唯一完全靜止的物體是一張龐大的沙發，兩個年輕女士輕盈地坐在上面，彷彿坐在一個被繫住的氣球上。她們倆都一身白衣，長裙泛起漣漪、不斷翻飛，彷彿在圍繞房子短暫飛翔之後被吹了回來。我肯定是佇立了好一陣，聆聽窗簾鞭笞般的啪啪聲和牆上一幅畫的呻吟。然後，湯姆·布坎南砰的一聲關上了後面的窗戶，屋內的餘風才漸漸平息下來，窗簾、地毯和兩個年輕女士才乘著氣球一般，慢慢落到地板上。

兩位女士當中，我不認識年輕的那位。她完全平躺在長沙發的一端，一動不動，下巴稍稍抬起，彷彿在下巴上平衡著某種很可能會掉下來的東西。她絲毫沒有暗示自己是否從眼角瞟到了我，其實，我本人倒是吃了一驚，差點為我進來時打攪了她而咕噥著道歉。

另一位女士就是黛西，她努力站起身來，身子微微前傾，表情顯得很認真，然後笑了起來，那輕輕的笑聲荒誕而迷人，我也跟著笑了起來，跨進房間。

「我快樂得麻……麻木了。」

她又笑了起來，彷彿她的話很詼諧，接著她就把我的手拉住片刻，仰視著我的臉，表示她在世上最想見到的人就是我。那是她慣用的方式。她喃喃地低語，暗示那個用下巴搞平衡的女士姓貝克。（我聽人說過，黛西的喃喃聲只是為了讓人湊近她，但這種毫不相干的批評絲毫無損她的低語展現的魅力。）

總之，貝克小姐的嘴唇微微一動，幾乎察覺不到地朝我點了點頭，然後又迅速後仰腦袋——她正在平衡的那件東西顯然搖晃了一下，讓她有點吃驚。致歉的話重新湧到我的嘴邊。她完全自滿的表現差點讓我目瞪口呆，說出讚響的話來。

我回頭看著我的表妹，她開始用那顫動的低聲問我。那是一種讓人側耳傾聽的嗓音，彷彿每句話都是一組絕不會重複演奏的音符。她的臉憂傷而又可愛，流露出歡快的表情，有著歡快的眼睛和歡快而熾熱的嘴唇，但是，她的嗓音中有一種興奮，令那些在乎她的男人都難以忘懷：一種歌吟似的衝動，一聲低語說出的「聽聽吧」，一種暗示，說她剛剛才做完快樂而令人激動的事情，而且接下來的一個時辰，還有同樣的好事在等著她。

我告訴她，我在前往東部的途中怎樣在芝加哥停留了一天，十幾個朋友怎樣要我代為問候她。

「他們還想念我嗎？」她欣喜若狂地叫起來。

「全城一派淒涼。所有小車的左後輪都被漆成了黑色，當作哀悼的花圈，沿著北岸[8]，哀號聲徹夜響起，不絕於耳。」

8. 芝加哥的富人聚居區。

「多好啊！湯姆，我們回去吧，明天就回去！」然後她又離題地說，「你應該去看看寶貝了。」

「我要去看呢。」

「她睡著了，才兩歲。你從沒見過她吧？」

「從沒見過。」

「那麼你應該去看看她。她……」

湯姆．布坎南本來一直在房間裡不安地來回走動，此刻停了下來，把手放在我的肩上。

「尼克，你在做什麼工作呢？」

「我在做債券生意。」

「跟誰一起做？」

我告訴了他。

「我可從來沒有聽說過他們呀。」他斷然說。

這句話讓我厭煩。

「你會聽說他們的，」我馬上回應了一句，「如果你待在東部，你就會聽說他們的。」

「哦，你別擔心，我會待在東部的。」他一邊說，一邊盯著黛西，然後又看看我，彷彿在警惕更多的事情，「要是我到別處去生活，那就是大傻瓜了。」

就在這時，貝克小姐說了一聲：「絕對如此！」這句話突如其來，讓我吃了一驚——這是我進屋以來她說的第一句話。顯然，這句話讓她自己也同樣吃驚，因為她打了個呵欠，隨著一連串迅速、敏捷的動作而站起身來。

「我都僵住了，」她抱怨，「我在那張沙發上躺了不知有多久。」

「別看著我，」黛西反駁道，「我整個下午都在說服你去紐約呢。」

「不喝，謝謝，」貝克小姐對著剛從食品間端來的四杯雞尾酒說，「我正在鍛鍊身體呢。」

她的男主人用懷疑的眼神看著她。

「你在鍛鍊啊！」他把自己的那杯酒一飲而盡，彷彿杯底只剩下一滴酒，「我真不明白你是怎麼搞定你的那些事情的。」

我看著貝克小姐，想知道她「搞定」的究竟是什麼事情。我喜歡看著她。這位女士身材苗條、乳房較小，在雙肩處特意後仰身體，保持挺立的姿勢，就像年輕的軍校學生。她那雙因為陽光照射而習慣於瞇起的灰眼睛也回看著我，那張蒼白、迷人又不滿的臉上露出彬彬有禮、回敬的好奇。此刻，我才想起我以前在什麼地方見過她，或者見過她的照片。

「你住在西卵吧，」她不屑一顧地說，「我認識那邊的某個人。」

「我一個人也不認識……」

「你肯定認識蓋茨比。」

「蓋茨比？」黛西追問，「是哪個蓋茨比？」

我還未來得及回答蓋茨比就是我的鄰居，傭人就宣布晚餐開始了。湯姆・布坎南把一隻繃緊的手臂插進我的臂彎，不由分說地將我從屋裡拉出去，彷彿在棋盤上把棋子從一格轉移到另一格。

兩位年輕女士苗條而慵懶，輕輕把手搭在腰肢上，在我們前面出門，走上了一條面朝落日的玫瑰色門廊，那裡的餐桌上，四根蠟燭在減弱的風中閃忽不定。

「點蠟燭幹嘛呢？」黛西皺眉反對，用手指掐滅了燭火，「再過兩週，就會迎來一年中最長的一天了。」她容光煥發地看著我們，「你們會不會總是期盼一年中最長的一天，然後又錯過了？我總是期盼一年中最長的一天，然後又錯過了。」

「我們應該做點計畫。」貝克小姐打著呵欠，在餐桌前坐下來，彷彿要上床睡覺。

「好啊，」黛西說，「那我們計畫什麼呢？」她無助地轉向我，「大家計畫什麼好呢？」

我還來不及回答，她就凝視著她的小指頭，目光裡充滿了敬畏的神情。

「看看吧！」她抱怨道，「我把它弄傷了。」

我們都看過去——指關節有些青紫。

「湯姆，這是你幹的好事，」她指責道，「我知道你不是故意的，但你畢竟幹了。那就是我的報應，嫁給了一個殘忍的男人，一個體格魁梧、又粗笨的男人……」

「我憎恨『粗笨』這個字眼，」湯姆故意為難地反駁，「即便是開玩笑也不行。」

「你就是粗笨。」黛西堅持說。

有時候，她和貝克小姐同時說話，也不顯得唐突，而是帶有一種嘲弄性的矛盾，這些話也絲毫不是閒扯，而且就像她們的白色洋裝、就像她們喪失了所有欲望的眼神，具有冷色調。她們坐在桌邊，只是彬彬有禮又令人愉快地盡力款待客人或接受款待。她們知道晚餐很快就會結束，稍後傍晚也會結束，隨隨便便就度過了。這跟西部的情況截然不同，在那邊，傍晚總是從一個階段匆匆推向另一個階段，最終在不斷失望的期待中結束，要不然就在對那個時刻產生恐懼的緊張中徹底結束。

「黛西，你讓我感到自己很不文明了，」我一邊喝著第二杯夾雜著軟木塞味道但給人留下很深印象的紅葡萄酒，一邊坦承，「難道你就不能聊聊農作物或別的什麼？」

我這樣說，其實並無特殊用意，但這個話題卻被人意想不到地接了過去。

「文明正在分崩離析，」湯姆猛然大喊一聲，「我對事物悲觀得可怕。你讀過戈達德這個人寫的《有色帝國的興起》一書嗎？」

「呃，沒讀過。」我回應了一聲，對他的語調相當驚訝。

「呃，這是一本好書，人人都應該讀一讀，其要旨是講，如果我們不當心，白種人就會……就會徹底被淹沒。書中採用的全是科學材料，都經過驗證。」
「湯姆變得淵博、深奧了。」黛西說，表情中露出一絲粗心的憂傷，「他閱讀那些寫滿長句的深奧書籍。有句話是怎麼說的，我們……」
「呃，這些書都是有科學根據的，」湯姆堅持不懈地闡述，不耐煩地掃了她一眼，「這傢伙把整個事情都講得明明白白。我們這個占據優勢地位的人種當然有責任去提防，要不然，其他人種就會控制一切。」
「我們一定得打倒他們。」黛西喃喃地說，對著外面熾熱的太陽拚命地眨眼。
「你們應該到加州去生活……」貝克小姐開始搭話，但湯姆在椅子上沉重地挪動了一下身子，打斷了她的話。
「這個觀點就是我們是北歐人。我、你、你也是，還有……」他微微遲疑了一下，輕輕地點了點頭，把黛西也包括了進去，而黛西再次對我眨眼，「我們創造了所有東西，相加起來構成文明——哦，科學、藝術和所有一切，你明白了嗎？」
他那專心闡述的神情中，流露出某種可憐的東西，彷彿他的那種自鳴得意比以往更嚴重，此刻對他來說再也不夠了。就在此時，屋裡的電話幾乎立刻響了起來，管家離開門廊，黛西則抓住這片刻的機會，湊到我面前。

「我告訴你一個我們家的祕密，」她熱切地低語，「這個祕密跟管家的鼻子有關。你想聽聽管家的鼻子是怎麼回事嗎？」

「這就是我今晚來訪的原因呢。」

「呃，他以前並不是管家。他曾經在紐約專門為某個人擦銀器，那個人擁有一套可供兩百人使用的銀製餐具。他不得不從早擦到晚，最終這件苦差事就影響了他的鼻子……」

「後來的情況就越來越糟。」貝克小姐間接插了一句。

「是啊。後來的情況越來越糟，最終他只得一走了之。」

最後的餘暉帶著浪漫的溫情，在她那發光的臉上照耀了片刻，我聆聽之際，她的嗓音迫使我屏住氣息湊上前去，然後那餘暉漸漸隱退，每一縷光都如同孩子在黃昏時分離開他們喜歡的街道，帶著遲遲不去的遺憾而離開了她。

管家回來了，湊近湯姆的耳朵低語了些什麼，湯姆聽後不由得皺起了眉頭，他把椅子往後一推，一言不發地進屋去了。他的離開彷彿鼓舞了黛西，她又把身子湊過來，嗓音熾熱，如同歌吟。

「尼克，我很高興你能跟我共進晚餐。你讓我想起一……一朵玫瑰，一朵完美的玫瑰，對不對？」她轉向貝克小姐求證，「一朵完美的玫瑰？」

這並不正確。我跟玫瑰毫無相似之處。她只是隨口一說而已，但是，她的身上洋溢著一種激動人心的溫暖，彷彿她的心就隱藏在那些氣息短促、讓人激動的話裡，試圖向你傾訴。然後，她突然把餐巾扔在餐桌上，說了聲「對不起」，便走進屋裡。

貝克小姐和我短暫地交換了一下眼色，眼色中有意識地避開了具體意義。我正要說話，她就警覺地端坐起來，「噓」了一聲，警告我別作聲。聽得見那邊的屋裡傳來一陣壓抑而激烈的低語，貝克小姐毫不避諱地前傾身子，想要凝神諦聽。那低語閃爍不定、激動不已，時低時高，然後完全停止了。

「你剛才說到的那位蓋茨比先生是我的鄰居……」我說。

「別說話。我想聽聽出了什麼事。」

「出了事？」我天真地問。

「你的意思是說你還不知道？」貝克小姐說，那樣子誠實得讓人驚訝，

「我以為大家都知道了呢。」

「我不知道。」

「為什麼呀……」她遲疑地說道，「湯姆在紐約有個情婦。」

「有個情婦？」我一臉茫然地重複。

貝克小姐點了點頭。

「那個女人應該識相一點，別在晚餐時間打電話來，你說對不對？」

我幾乎還沒來得及明白她的意思，就聽見洋裝的窸窣聲和皮靴的扎扎聲，湯姆和黛西回到了餐桌上。

「真是沒辦法啊！」黛西強作歡顏地大聲嚷嚷。

她坐了下來，朝貝克小姐探視了一眼，然後又看了看我，繼續說：「我到屋外去觀望了一會兒，外面的景色可真是浪漫。草坪上有一隻鳥，我認為那肯定是一隻夜鶯，是搭乘庫納德或白星航運公司的輪船過來的。牠一直在歌唱……」她的嗓音也如同歌吟一般，「湯姆，是不是浪漫極了？」

「很浪漫。」他回應了一句，然後一臉苦相地對我說，「如果晚餐後天還沒黑，我想帶你去馬廄看看。」

屋裡的電話又響了，這很讓人吃驚，隨著黛西對湯姆果斷地搖頭，關於馬廄的話題——實際上是所有的話題，都煙消雲散了。在餐桌上最後那五分鐘的點滴記憶中，我想起了蠟燭重新被毫無意義地點燃了，我意識到想正面看看大家，卻又想避開大家的目光。我無法猜出黛西和湯姆在想什麼，但我很懷疑，連貝克小姐那樣似乎生性多疑的人，是否也能把這第五位客人尖銳如金屬般的緊急呼叫聲完全拋諸腦後。對於某種性情的人來說，這種情形好像很可能激發興趣——而我自己的本能就是立即打電話報警。

不用說，馬的話題就再也沒人提了。湯姆和貝克小姐，兩人之間隔著幾英尺的暮色，慢慢走回書房，彷彿是要去為一具真實存在的屍體守夜，同時，我盡力裝出一副很感興趣的樣子，還假裝有點耳聾，跟著黛西繞過一連串遊廊，走向前面的門廊。深沉的暮色中，我們在柳條編織的長靠椅上並排著坐了下來。

黛西用雙手捧著臉，彷彿在摸索自己面龐那可愛的形狀，目光漸漸落在外面那天鵝絨般的暮色上。我看見她心潮起伏，便問了一些關於她小女兒的問題，我覺得這樣有助於她鎮定下來。

「尼克，即便我們是表兄妹，彼此也不是很熟悉，」她突然說道，「你沒來參加我的婚禮。」

「那時我還沒從戰場上歸來呢。」

「那倒是。」她遲疑了一下，「呃，尼克，我過得很糟糕，我現在對一切都相當無所謂了。」

顯然，她這樣說，事出有因。我等待她繼續說下去，她卻再也沒說什麼，過了一會兒，我又虛弱無力地把話題轉回她女兒身上。

「我想她很會說話，還很會吃飯，什麼都會吧。」

「是啊，」她心不在焉地看著我，「尼克，聽我說，讓我告訴你她出生時我所說的那些話。你願意聽嗎？」

「非常願意。」

「聽了之後，你就會明白我對事物的感受——是什麼了。她出生還不到一小時，天知道湯姆在哪裡。我當時從乙醚麻醉中甦醒過來，感覺完全被遺棄了，立即就問護士我的孩子是男孩還是女孩，她說是女孩，因此我掉過頭去哭泣。『好吧，』我說，『我很高興是女孩。我希望她會做個傻瓜——那就是女孩在這世上最好的結局，美麗的小傻瓜。』

「總之，你明白我認為一切都糟透了，」她深信不疑地說下去，「大家都這麼認為——那些最先進的人。我就知道。我去過所有地方，也見過所有事情，還幹過所有事情。」她的目光閃爍著，輕蔑地環顧四周，很像湯姆的那種眼神，而且她還大笑起來，笑聲中也帶著輕蔑，「老於世故——天哪，我老於世故了。」

就在她的話音剛落，不再迫使我注意她和相信她的那一瞬，我就感覺到她說的話根本就言不由衷。這讓我不安，彷彿這整個晚上都不過是某種詭計，為了讓我打從內心向她貢獻感情。於是我等著，果真，片刻之後她就看著我，她那可愛的臉上露出十足的假笑，彷彿宣稱自己擁有一個上流社會祕密社團的會員身分，她和湯姆都是那個社團的成員。

屋裡，深紅色的房間燈火通明。湯姆和貝克小姐各自坐在長沙發的一端，她對他朗讀《星期六晚郵報》的章節，話音很低，沒有變音，洋溢著一種撫慰人心的調子。燈光照耀下來，在他的皮靴上顯得明晃晃的，在她那秋葉般的黃頭髮上則顯得暗淡，當她翻動一頁報紙，手臂上細細的肌肉顫動之際，燈光又順著報紙閃爍。

我們進屋的時候，她舉起一隻手示意片刻，讓我們不要作聲。

「本刊下期待續。」她一邊念道，一邊把那本期刊扔在桌上。

她的身體隨著膝蓋做出一個不安的動作，站了起來。

「十點鐘了，」她說，顯然在天花板上看到了時間，「這個好女孩該上床睡覺了。」

「喬丹明天要去威徹斯特那邊參加比賽。」黛西解釋說。

「哦……原來你就是喬丹・貝克啊。」

我現在才恍然大悟她為什麼那麼眼熟——她臉上露出的那種令人愉快而又傲慢的表情，曾經從很多報導阿什維爾、溫泉城和棕櫚灘的體育生活的影印照片上注視過我。我還聽說過她的某個故事，一個批評她且令人不快的故事，但究竟是什麼，我早就忘得一乾二淨了。

「晚安，」她柔聲道別，「八點鐘叫醒我，好嗎？」

「只要你能起床。」

「我會起床的。晚安，卡拉韋先生，再會。」

「你們當然會再見面，」黛西肯定地說，「實際上，我想我會當個媒人呢。尼克，常常過來玩吧，我會設法……哦……把你們倆撮合在一起。比如把你們不小心一起關在衣帽間、把你們從小船上推到海裡，反正會採取諸如此類的辦法……」

「晚安，」貝克小姐從樓梯上喊道，「你說的話，我可一句也沒聽見。」

「她是個好女孩，」片刻之後，湯姆說，「他們不該讓她在全國各地這樣東奔西跑。」

「誰不應該？」黛西冷漠地問。

「她的家人。」

「她家裡就只有一個年邁的姑媽了。再說，尼克今後會照顧她的，對吧，尼克？今年夏天，她要來這裡度過很多個週末。我想這裡的家庭環境會對她大有助益的。」

黛西和湯姆默默對視了一會兒。

「她是紐約人嗎？」我趕緊問了一句。

「她是路易斯維爾人。我們一起在那裡度過了純潔的少女時代，我們美麗純潔的……」

「你是不是在遊廊上跟尼克傾訴過？」湯姆突然質問。

「我傾訴了嗎？」她看著我，「我似乎記不得了，可是我想我們談到了北歐人種。是的，我肯定我們談到了這一點。我們不知不覺就談起這事，而且你瞭解的第一件事情……」

「尼克，你聽到的事，不能盡信。」他告誡我說。

我輕描淡寫地說我根本什麼也沒聽到，幾分鐘後，我就起身回家。他們陪著我來到門口，並排站在一塊方形的亮光中。我發動汽車的時候，黛西命令似的大喊了一聲：「等一等！」

「我忘了問你一些事情，這很重要。我們聽說你在西部跟一個女孩訂婚了。」

「是啊，」湯姆和顏悅色地確認，「我們聽說你訂婚了。」

「這是誹謗。我太窮了。」

「可是我們聽說了。」黛西堅持說，她那種花朵般綻放的方式讓我驚訝，

「我們聽三個人說過，所以這肯定是真的了。」

我當然知道他們指的是什麼事，但我根本就沒有訂婚。事實上，那個到處傳播我訂婚了的流言蜚語，正是我來到東部的原因之一。你不能因為謠言，就不再跟老朋友來往，而另一方面，我也並沒打算因為謠言就去結婚。

他們對我的關心讓我深受感動，使他們顯得不那麼因為富有而讓人敬而遠之——儘管如此，在我驅車離開的時候，我還是感到困惑，還有點厭惡。在我看來，黛西要做的事情，就是抱著孩子衝出這棟房子——可是她並沒有打算這麼做。至於湯姆，他「在紐約有個情婦」這一事實的確不足為奇，奇怪的倒是他因為讀了一本書就沮喪不已。有什麼東西正在迫使他一點一點地去啃食陳腐的觀念，彷彿他那強健的身體再也滋養不了自己那顆專橫的心。

路邊旅館的屋頂上和加油站前面，已經呈現出盛夏的景象，在那裡，鮮紅的油泵擱放在一窪窪光芒中，當我抵達我在西卵的住所，我把車停在小棚屋下面，然後在院子中一臺廢棄的刈草機上坐了一陣。此時，風已經停了，眼前的夜晚喧囂、明亮，樹林中有鳥翅的拍擊聲，連續不斷的風琴聲，如同大地鼓足的風箱吹得青蛙生機勃勃。有隻貓移動的剪影搖擺著越過月光，當我扭頭去看牠，才發覺自己並不孤單——五十英尺開外，一個身影從我鄰居的府邸的陰影中出現了，他把雙手插在口袋裡，站在那裡凝視著銀白色胡椒粉似的群星。從他從容不迫地走動、穩穩踏在草坪上的姿態中，有什麼暗示我那就是蓋茨比先生本人，他出來確定我們當地的天空中究竟哪一片屬於他。

我決定去招呼他。晚餐時，貝克小姐提過他，那也算是一種介紹了。然而我並沒有去跟他打招呼，因為他突然做了一個動作，暗示他滿足於一個人獨處——他把雙臂伸向幽暗的海水，樣子很古怪，雖然我離他很遠，但我能發誓說他在顫抖。我也不知不覺朝海上望去——除了一盞綠燈，一切都難以辨認，那盞燈微小而遙遠，可能是一個碼頭的盡頭。當我重新回頭去看蓋茨比，他已然消失了，於是我再度獨處於這並不平靜的黑暗中。

◈ 我既在屋內又在屋外，對人生無窮無盡的變化既著迷又厭惡。

第二章

在西卵和紐約之間大約半路上，公路匆匆與鐵路匯集，在鐵路旁邊延伸四分之一英里，從而避開了某一片荒地。這是一道灰燼山谷——一個稀奇古怪的農場，這裡的灰燼像麥子一樣生長成山嶺、山丘和奇形怪狀的園子，在這裡，灰燼堆積成了房子、煙囪和嬝嬝上升的炊煙形狀，最後經過超凡的努力，形成了一個個灰濛濛的人，他們隱隱約約地移動，很快就穿過布滿粉塵的空氣而迅速崩潰。有時候，一連串灰色的車廂沿著看不見的軌道爬行，發出可怕的吱嘎聲停下來，那些灰白色的人立即拿著沉重的鐵鍬蜂擁而上，攪起一片難以穿過的塵埃之雲，讓你看不見他們朦朧的操作。

但是，在這片灰色的土地之上，在它上面無休止地飄浮的陣陣暗淡的灰塵之上，片刻之後你就看到了T．J．埃克爾伯格醫生那雙眼睛。T．J．埃克爾伯格醫生的眼睛是藍色的，而且巨大——僅視網膜就有一碼高。那雙眼睛不是從臉上朝外觀望，而是從一副巨大的黃色眼鏡朝外觀望，而那副眼鏡忽略了那並不存在的鼻子。顯然，一個眼科醫生為了在皇后區招徠生意，憑藉如此瘋狂的幽默將其置於那裡，然後他本人也倒了下去，永遠閉上了眼睛，或者遷居到了別處，把它們給遺忘在那裡了。但是他留下的那雙眼睛，隨著歲月的流逝而飽經日曬雨淋，油漆日漸剝落、暗淡，卻繼續在這片陰沉、肅穆的垃圾場上沉思默想。

在這道灰燼山谷的一邊，有一條汙穢的小河流過，當吊橋升起來讓駁船通過的時候，在火車上等待過河的乘客就可以凝視這片淒涼的場景，時間可長達半小時。在那裡，始終至少會停留一分鐘，而正是因為如此，我才得以初次遇見湯姆．布坎南的情婦。

他有個情婦這件事，不管到哪裡，只要他出現，都會被提起。他的熟人都很憤恨，因為他竟然帶著她出入大眾喜愛的餐廳，而且，讓她在桌邊坐下之後，他自己就四處閒逛，跟認識的人聊天。儘管我很好奇，想看看她，但我並不想跟她見面——然而我卻見到她了。一天下午，我和湯姆搭火車去紐約，當我們停在那些灰燼堆旁邊時，他突然站了起來，一把拉住我的肘部，簡直是強迫似的把我從車廂裡拽下了車。

「我們下車吧！」他固執地說，「我想讓你見見我的女朋友。」

我想那天午餐時他喝多了酒，他硬要我陪他前往的做法近乎暴力行為。他狂妄自大地認為，我在星期天下午沒有什麼更有趣的事情可做。

我跟著他跨過一道粉刷成白色的低矮鐵路柵欄，在埃克爾伯格醫生的眼睛持久的凝視下面，沿路往回走了一百碼。映入眼簾的唯一建築，就是位於荒地邊緣的一個黃磚砌成的小街區，這是一種提供生活必需品的緊湊的「大街」，四周則空無一物。這裡包括三家店鋪，其中一家正待招租，另一家是通宵營業的餐館，一條灰燼小道通往它的門口，第三家則是汽車修理廠——「喬治．B．威爾遜車廠，兼營汽車買賣」我跟著湯姆走了進去。

車廠裡面冷冷清清，空空蕩蕩，唯一看得見的汽車，是一輛福特車的殘骸，覆滿灰塵，蜷伏在幽暗的角落裡。我突然想到，這家車廠肯定是一個幌子，掩護那些隱藏在樓上的奢華而浪漫的房間，而就在此時，老闆本人出現在一間辦公室門口，用一塊廢布擦手。他的頭髮金黃，無精打采，像患了貧血病似的，不過還算有點英俊。他一看見我們，那雙淺藍色的眼睛就立即閃爍出一絲溼潤的希望之光。

「你好，威爾遜，你這老傢伙，」湯姆說話的時候，快活地拍了拍他的肩頭，「生意怎麼樣？」

「還算可以吧。」威爾遜的回答難以讓人信服，「你什麼時候才會把那輛車賣給我呢？」

「下週吧。我現在已經讓人去修理它了。」

「他是不是修得很慢呀？」

「修得不慢呀，」湯姆冷冷地說，「要是你那樣想，那也許我最好還是把車賣給別人算了。」

「我不是那個意思，」威爾遜馬上解釋說，「我只是說……」

他的嗓音漸漸消隱，湯姆在車廠裡面不耐煩地四處掃視。然後，我聽見樓梯上響起了腳步聲，不一會兒，一個女人粗壯的身影就遮住了辦公室門口的光線。她大約三十五、六歲，略微有些健壯，但是和某些女人一樣，她能讓人感覺得到她胖得適度。她身穿一件深藍色的縐紗圓點洋裝，上面沾著些油漬，臉上沒有一絲美的光彩，渾身卻有一種立即就能感覺到的活力，彷彿她身體的神經正在不斷地慢慢鬱積著燃燒。她緩慢地微笑，旁若無人地從她丈夫身邊走過——彷彿他只是個幽靈，然後走上前來跟湯姆握手，兩眼發光地看著他。接著，她用舌尖潤了潤嘴唇，頭也不回，便操著低沉而粗聲粗氣的嗓門對她的丈夫說：

「你幹嘛不搬椅子來讓客人坐下啊。」

「哦，馬上就搬。」威爾遜趕忙應承，走向那間小辦公室，他的身影立即就跟牆壁的水泥色融合了起來。一層灰白色的塵埃覆蓋著他的深色服裝和淺色頭髮，就像覆蓋著附近的一切——除了他那站在湯姆旁邊的妻子。

「我想見到你，」湯姆目不轉睛地說，「搭下班火車走吧。」

「好的。」

「我會在車站下層的報攤旁邊等你。」

她點了點頭，便離開了湯姆，而此時，喬治・威爾遜正好搬著兩把椅子，出現在辦公室門口。

我們站在公路邊，在別人看不見的地方等她。這是七月四日國慶日的前幾天，一個灰濛濛而瘦骨嶙峋的義大利小孩把一排甩炮沿著鐵軌一一攢響。

「可怕的地方，對吧。」湯姆說，對著埃克爾伯格醫生皺起了眉頭。

「糟透了。」

「離開車廠對她大有好處。」

「難道她的丈夫不會反對嗎？」

「威爾遜？他以為她是到紐約去看她的妹妹呢。他多愚蠢啊，就連自己是死是活都不知道。」

就這樣，湯姆．布坎南、他的情婦和我一起去了紐約——我們也不完全是同行，因為威爾遜夫人很謹慎，獨自坐在另一節車廂。湯姆服從了這樣的安排，免得招惹那些可能同乘這班火車的東卵人的敏感。

她換了一件有花紋的棕色洋裝，在紐約，湯姆扶著她從車廂門下到月臺上的時候，這件洋裝緊緊地綳在她那相當肥大的臀部上。在報攤上，她買了一份《城市閒話》和一本電影雜誌，在車站的雜貨店，她又買了一盒雪花膏和一小瓶香水。在樓上陰沉而回音激蕩的車道上，她放走了四輛計程車之後，才選了一輛新車，這輛車是淡紫色的，車內的裝潢則是灰色，我們坐著這輛車駛出車站的人潮，駛進熾熱的陽光裡。可是，她又馬上從車窗前猛地轉過頭來，身子前傾，輕輕敲打前面的玻璃。

「我想買一隻那樣的狗，」她認真地說，「我想買一隻來養在公寓裡。大家都很喜歡養狗。」

我們讓車倒退到一個白髮老頭前面，他長得極像約翰．D．洛克菲勒[1]，脖子上掛著一個籃子，裡面有十幾隻剛剛出生的小狗縮著，不知是什麼品種。

「這些小狗是什麼品種？」當那個老頭走到車窗邊，威爾遜夫人便急切地問道。

「各個品種都有。夫人，你想要哪一種？」

「我想要一隻警犬，我猜你沒有那種狗吧？」

1. John D. Rockefeller，美國石油大王。

老頭馬馬虎虎地朝籃子裡面看了一下，伸手抓住一隻扭動著的小狗的頸皮，拎了起來。

「這不是警犬。」湯姆說。

「對，這確實不是警犬，」老頭說，嗓音裡流露出些許失望，「這多半是一隻艾爾谷獵犬。」他撫過狗背上那棕色毛巾似的皮毛，「看看這種皮毛，多好的皮毛啊。這是一種不會給你帶來麻煩的狗，因為牠永遠不會感冒。」

「我覺得牠很可愛，」威爾遜夫人熱情地說，「要多少錢？」

「這隻狗嗎？」那老頭讚賞地看著小狗，「這隻狗要十美元。」

儘管這隻艾爾谷獵犬的爪子白得令人吃驚，但牠身上無疑有艾爾谷獵犬的血統，牠就這樣被轉手，安然躺進了威爾遜夫人的懷裡，這位女士興高采烈地撫弄著那無懼風雨的皮毛。

「這隻是公狗還是母狗呢？」她關心地問道。

「那隻狗嗎？那是公狗。」

「那隻是母狗，」湯姆斷然地說道，「給你錢，再去買十隻狗吧。」

我們乘車來到第五大道，這個星期天下午，天氣多麼溫暖、柔和，幾乎展現出了田園風情，因此，哪怕看見一大群白色綿羊拐過街角，我也不會驚訝。

「停車，」我說，「我得在這裡跟你們道別了。」

「別，你別走，」湯姆迅速插話，「如果你不上我們公寓去，默特爾會傷心的。默特爾，對吧？」

「來吧，」她催促我，「我會打電話叫我妹妹凱薩琳過來。有眼光的人都說她很漂亮呢。」

「呃，我是想來啊，可是……」

我們急忙返回去，駛過中央公園繼續前行，駛向城西幾百號門牌的地方。在第一百五十八街，有一大排白色蛋糕似的公寓，計程車在其中的一幢前面停下。威爾遜夫人用皇后回宮一般的神情朝周圍掃視了一眼，收起她的小狗和買來的其他物品，傲慢地走了進去。

「我要把麥基夫婦請上來，」我們搭電梯上樓時，她如此宣布，「當然，我還要打電話把我的妹妹叫過來。」

他們的公寓位於頂樓，其中有一間小客廳、一間小餐室、一間小臥室和一間浴室。一套過於龐大的家具塞滿了客廳，一直堵到門口，家具上帶有繡飾，因此來回走動時，就會不斷誤入那些繡著在凡爾賽花園盪秋千的女士的場景。唯一的畫是一幅放得過大的照片，顯然是一隻母雞棲息在一塊模糊的岩石上，可是從遠處看，那隻母雞融化成了一頂無邊女帽，一個胖嘟嘟的老太太眉開眼笑，俯視著房間。桌上擱放著幾份過期的《城市閒話》，旁邊還有一冊《名叫彼得的西門》的書，以及一些爆料醜聞的百老匯小雜誌。威爾遜夫人首先關心的是那隻小狗。一個很不情願的電梯服務員找來一個塞滿稻草的盒子和一些牛奶，又主動買了一罐又大又硬的狗食餅乾，其中一塊餅乾在一碟牛奶裡面漠然泡了一下午，結果泡得稀爛。與此同時，湯姆打開一個鎖著的櫃子門，拿出一瓶威士忌。

一生中，我只喝醉過兩次，而第二次就是在那天下午，因此，儘管到了八點之後，寓所裡還充滿令人愉快的陽光，但那天發生的一切都讓人覺得如煙似夢、迷迷糊糊。威爾遜夫人坐在湯姆的大腿上，給幾個人打了電話，接著香菸就抽完了，於是我離開寓所，去街角的雜貨店買菸。我回來的時候，他們都不見了，因此我在客廳裡謹慎地坐下來，讀了那本《名叫彼得的西門》其中的一個章節——不是這本書寫得很糟糕，就是威士忌發揮的作用扭曲了事物，因為我根本就讀不下去。

喝了第一杯酒之後，威爾遜夫人就和我彼此直呼其名了。而當湯姆和默特爾重新出現的時候，朋友就開始抵達寓所門口。

她的妹妹凱薩琳大約三十來歲，是一個身材苗條而又老練的女人，紅色短髮又粘又硬，臉上擦著牛奶般的白粉。她的眉毛是拔掉之後重新畫上去的，眉筆痕跡的角度更瀟灑，但原來的眉毛又努力長了出來，這就使得她的臉有點模糊不清。她來回走動的時候，不斷發出啰嗒聲，而她戴在手上的那些陶瓷手鐲也隨之相互碰撞、叮噹作響。她像主人一般匆忙走進來，又像主人一樣把家具察看了一番，使得我驚訝她是否就是這裡的房客。但是當我問她，她便放聲大笑起來，大聲重複了我的提問，說她跟一個女性友人住在旅館裡。

麥基先生臉色蒼白，一口娘娘腔，就住在寓所樓下。他剛剛刮過鬍子，因此顴骨上還留有一點白色的肥皂沫，他跟房間裡的每個人打招呼時，都顯得必恭必敬。他告訴我說他「從事藝術工作」，後來我才得知他是攝影師，牆上那幅幽暗而放大了的威爾遜夫人母親的照片、那幅如同幽靈一樣盤旋的照片，就是他的傑作。他的妻子則尖聲尖氣、倦怠無力、漂亮而又令人討厭。

她驕傲地告訴我說，自從他們結婚以來，她的丈夫已經拍攝過她一百二十七次了。

不久前，威爾遜夫人又換了衣服，此刻穿著一件精緻的乳白色洋裝，就是午後穿的那種薄綢洋裝，她在房間裡走動的時候，那洋裝就不斷地沙沙作響。因為洋裝的影響，她的個性也發生了變化。她先前在車廠裡如此顯著的熱情的活力，現在變成了傲慢自大，給人留下深刻的印象。一刻又一刻，她的笑聲、她的手勢、她的武斷都變成更為極端的做作，隨著她漸漸膨脹，周圍的空間就越來越小，直到她似乎在一個喧鬧而吱嘎作響的樞軸上旋轉，穿過煙霧彌漫的空氣。

「親愛的，」她裝腔作勢地大叫，告訴她的妹妹，「多半這些傢伙每次都會欺騙你。他們腦子裡只有錢。上個星期，我找了個女人上這裡來給我看腳，她把帳單給我的時候，你會以為她給我割了闌尾呢。」

「那個女人姓甚名誰？」麥基太太問。

「叫作埃伯哈特夫人。她常常到別人家裡去給人看腳。」

「我喜歡你的洋裝，」麥基太太說，「我覺得很漂亮。」

威爾遜夫人輕蔑地揚起眉頭，拒絕了這樣的恭維。

「這不過是件破爛的舊貨而已，」她說，「我不在乎自己的樣子時，有時候就會把它套在身上。」

「但你穿上漂亮極了，你明白我的意思了吧，」麥基太太繼續說，「要是賈斯特把你這個姿勢拍下來該多好啊，我覺得他可以拍得很出色的。」

我們都默默地看著威爾遜夫人，她把一縷頭髮從眼前捋開，露出燦爛的笑容，回望著我們。麥基先生把腦袋側向一邊，專注地凝視著她，然後伸出一隻手，在自己的面前慢慢地來回移動。

「我要改變光線，」他比畫了一陣之後說，「我要把面容特徵的立體感拍出來。我要盡力把後面所有的頭髮都拍進來。」

「我認為不需要改變光線，」麥基太太嚷道，「我覺得……」

她的丈夫「噓」了一聲，大家都再次看著那個攝影對象，此時湯姆・布坎南響亮地打了一聲呵欠，站了起來。

「麥基，你們兩位喝點什麼吧，」他說，「默特爾，再弄點冰塊和礦泉水來，不然大家都快睡著了。」

「我告訴了那個服務生，讓他送些冰塊過來。」默特爾揚起眉頭，對下等人的懶惰無能流露出絕望的神情，「這些傢伙啊！你非得一再提醒他們才行。」

她看著我，毫無意義地大笑起來。然後，她蹦跳著走向那隻小狗，狂喜地吻了吻牠，接著走進廚房，好像那裡有十幾個廚師等她點餐。

「我在長島那邊拍過幾張照片。」麥基先生聲稱。

湯姆一臉茫然地看著他。

「我們把其中的兩幅加了框，就掛在樓下。」

「兩幅什麼？」湯姆追問。

「兩幅習作。我把其中一幅命名為『蒙托克角：海鷗』，把另一幅命名為『蒙托克角：大海』。」

妹妹凱薩琳在沙發上坐下來，靠在我的身邊。

「你也住在長島那邊嗎？」她詢問。

「我住在西卵。」

「真的？大約一個月前，我還去那裡參加過一場派對呢。在一個叫作蓋茨比的人的府邸裡面。你認識他嗎？」
「我就住在他隔壁。」
「呃，大家說他是德國威廉皇帝的侄子或者別的什麼親戚。他所有的錢都來自於那位皇帝。」
「真的嗎？」
她點了點頭。
「我怕他。我可不願意讓他在我身上占什麼便宜。」
這條關於我鄰居的消息本來很有趣，卻被麥基太太打斷了，她突然指著凱薩琳說：
「賈斯特，我覺得你可以給她拍點照片。」她大聲嚷嚷，但麥基先生僅僅毫無興趣地點了點頭，又把注意力轉向了湯姆。
「如果有門路的話，我想在長島多做點業務。我需要他們給我一個開始的機會。」
「找默特爾吧，」湯姆轟然大笑，此時威爾遜夫人正端著托盤走進來，「她可以給你寫封介紹信，默特爾，對吧？」

「幹什麼呢？」她吃驚地問道。

「你幫麥基給你的丈夫寫一封介紹信，這樣麥基就可以給他拍一些習作了。」他的嘴唇默默地抿了一會兒，又編派說：「就用『喬治．B．威爾遜在油泵前』，或者諸如此類的標題。」

凱薩琳湊到我的耳邊低語：

「他們倆都無法忍受自己的另一半。」

「是嗎？」

「真不能忍受他們。」她先看看默特爾，再看看湯姆，「我的看法是，如果他們都無法忍受，那為什麼還要跟自己的另一半繼續生活下去呢？換了我，我就離婚，馬上再婚。」

「難道她也不喜歡威爾遜？」

對這個問題的回答讓人頗感意外，回話的是默特爾，她恰好無意間聽到了這個提問，回答有些粗暴而猥褻。

「你明白了嗎？」凱薩琳得意揚揚地叫了起來。她再次壓低嗓門說，「把他們分開的，其實是他的妻子。她是天主教徒，教徒可不信奉離婚的呀。」

黛西並不是天主教徒，對於這個精心編織的謊言，我有點震驚。

「他們結婚的時候，」凱薩琳繼續說，「要先到西部去生活一段時間，等風頭過去了再回來。」

「到歐洲去更妥當吧。」

「你喜歡歐洲？」她驚奇地叫了一聲，「我剛從蒙地卡羅回來呢。」

「真的呀？」

「就在去年。我跟另一個女孩一起去的。」

「待得久嗎？」

「待不久，我們只去了蒙地卡羅就打道回府了。我們是從馬賽輾轉去的。出發時，我們身上帶了一千兩百多美元，可是我們在賭場包廂裡面只待了兩天，就被人騙得精光。我告訴你，我們在回來的路上可是吃盡了苦頭。天哪，我真恨死那座城市了！」

接近傍晚的時候，天空在窗口中閃亮了一陣，宛若地中海蔚藍色的蜜。然後，麥基太太揚起尖厲的嗓音，把我叫回房間。

「我也曾經差點犯了錯誤，」她精力充沛地宣稱，「我也差點嫁給了一個追求我多年的猶太人。我知道他根本配不上我。大家都不斷對我說：『露西兒，那個傢伙根本就配不上你！』但是，如果我沒有遇到賈斯特，那傢伙肯定會把我追到手的。」

「是的，可是聽我說，」默特爾．威爾遜不停地點頭說，「至少你沒有嫁給他。」

「我知道自己不會嫁給他。」

「呃，我可是嫁給了他呀，」默特爾含含糊糊地說，「這就是你和我的根本區別。」

「默特爾，那你為什麼要嫁給他呢？」凱薩琳追問，「並沒有人強迫你呀。」

默特爾陷入了深思。

「我之所以嫁給他，是因為我當時還以為他是個紳士，」她最終才說出來，「我還以為他很有教養，哪知道他連舔我的鞋都不配。」

「有一段時間，你發瘋地愛他。」凱薩琳說。

「發瘋地愛他！」默特爾懷疑地叫了起來，「誰說我發瘋地愛他了？我從來就沒有發瘋地愛他，但我更加發瘋地愛的那個人就在那裡。」

她突然指著我說，於是大家都對我流露出責備的目光。我極力露出無辜的表情，暗示自己從沒在她的往事中扮演過任何角色。

「我唯一『發瘋』的事情，就是在我嫁給他的時候，我立即就知道自己犯了錯誤。結婚時，他穿著從別人那裡借來的最好的禮服，甚至從來沒把這件事告訴我，有一天，他不在家的時候，那個人找上門來討衣服。」她環顧四周，看看誰在聽她說話，「『那套衣服是你的呀？』我說，『我才聽說這事。』但我把衣服還給了他，然後就躺在床上痛哭了整整一下午。」

「她確實應該離開他，」凱薩琳繼續對我說，「他們在那間車廠的樓上生活了十一年。湯姆是她的第一個情人呢。」

那瓶威士忌——已經是第二瓶了——現在讓大家杯觥交錯，喝個不停，除了凱薩琳，她「根本不喝什麼也感覺良好」。湯姆按鈴叫來看門人，讓他去買一種有名的三明治，那種三明治完全可以當作晚餐。我很想出去，穿過柔和的暮色，走向東邊的公園，但每當我想要離開，都會被某些狂熱、刺耳的爭論纏住，根本無法脫身，彷彿被繩子捆在椅子上了。然而，在高高的城市上空，我們這排黃色的窗口露出燈光，肯定將人類祕密奉獻給了漸暗街上不經意的觀察者，任其分享，而我也是那個觀察者，抬頭仰望，充滿疑惑。我既在屋內又在屋外，對人生無窮無盡的變化既著迷又厭惡。

默特爾把她的椅子拉過來，靠近我的椅子，突然間，她那種溫暖的氣息就噴湧到了我的身上，接著她就開始講起她跟湯姆邂逅的故事。

「那件事發生在兩個面對面的小座位上，就是那種在火車上總是會剩下的最後兩個座位。我當時上紐約去看妹妹，在她那裡過夜。他身著西裝，腳穿一雙黑漆皮鞋，我忍不住盯著他看，可是每當他看我，我都只得假裝在看他頭頂上的廣告。我們下車走進車站的時候，他緊挨著我，他那白色的襯衫前襟就貼在我的手臂上，於是我告訴他說我要叫警察了，但他知道我在說假話。我如此興奮，因此在跟他上計程車的時候，還以為自己上了地鐵呢。我當時反覆思考的只有這句話：『你的人生苦短，你的人生苦短。』」

她轉身面對著麥基太太，房間裡充滿了她那假意的笑聲。

「親愛的，」她叫道，「一旦我穿完這件洋裝，我就要把它送給你。明天我又得去買一件了。我要列個清單，把我要買的東西都寫在上面。按摩、燙髮、給小狗買項圈、買一個那種有彈簧的可愛的小菸灰缸，還要給媽媽的墳墓買一個紮著黑色絲結的花圈，就是可以放上整個夏天的那種。我得寫一個單子，免得記不住我要做的事情。」

九點鐘了——僅僅過了片刻我再看手錶，發現已經是十點了。麥基先生倒在椅子上睡著了，雙拳攥起放在大腿上，就像是一幅企業家的照片。我掏出手帕，從他臉上擦掉那個已經乾了的肥皂泡，那點殘留物折磨了我一下午。

那隻小狗坐在桌子上，透過煙霧盲目地張望，不時輕聲地呻吟。大家消失了，又重新出現，計畫去什麼地方，然後又彼此分開，尋找對方，在幾英尺開外又找到了對方。接近子夜的某個時候，湯姆·布坎南和威爾遜夫人面對面站著，聲音激動地爭吵威爾遜夫人是否有權提到黛西的名字。

「黛西！黛西！黛西！」威爾遜夫人大叫，「只要我想叫，我就要叫！黛西！黛……」

隨著一個簡短而敏捷的動作，湯姆·布坎南張開巴掌，一下子就搧破了威爾遜夫人的鼻子。

接著，浴室裡滿地扔著血淋淋的毛巾，女人的叱責聲響起，極度的混亂之中，還久久地響著斷續的痛苦哀號。麥基先生從打盹中醒過來，恍恍惚惚地朝門口走去。他走到半路時，轉過身來盯著這個場景——他的妻子和凱薩琳在擁擠的家具間跌跌撞撞地來回走動，到處尋找急救用品，她們一邊叱責，一邊安慰，而那個絕望的人躺在沙發上血流不止，還試圖把一份《城市閒話》鋪在那凡爾賽的繡飾風景上。接著，麥基先生就繼續轉身出門。我也從枝形衣架上取下帽子，跟著走了出去。

「哪天過來吃午飯吧。」我們在一路發出呻吟的電梯裡下樓時，他向我提議。

「在哪裡？」

「哪裡都可以。」

「別碰電梯控制桿。」電梯服務員喝斥道。

「請原諒，」麥基先生帶著尊嚴說，「我不知道我哪裡碰到控制桿了。」

「好吧，」我同意了，「恭敬不如從命。」

……我站在他的床邊，他坐在床單之間，只穿著內衣，手裡捧著一大本攝影代表作選輯。

「《美女與野獸》……《寂寞》……《小店老馬》……《布魯克林大橋》……」

然後，我半睡半醒地躺在賓夕法尼亞車站寒冷的下層，盯著早晨剛印出來的《紐約論壇報》，等候凌晨四點的地鐵。

我有時會產生一種難以排解的孤獨感，而且還覺得別人也同樣感到孤獨。

第三章

穿過夏夜，我鄰居的房子裡傳來了音樂聲。在他那蔚藍的花園裡面，男男女女像蛾子一樣來來往往，穿行在竊竊低語、香檳酒和群星中間。下午潮水高漲的時候，我觀看他的客人從木筏的跳臺上跳進水裡，要不然就在他那灼熱的沙灘上曬太陽，而他的兩艘摩托艇則在海峽上乘風破浪，在翻騰的浪沫間拖著滑水板飛速駛過。一到週末，他那輛勞斯萊斯車就成了公共汽車，從早晨九點到子夜過後很久都往來於城裡，接送參加派對的客人，而同時，他的那輛旅行車也像一隻輕快活潑的黃色蟲子，前往火車站去接那些搭火車而來的客人。到了星期一，八個僕人，包括一個臨時園丁，會苦幹一整天，用拖把、硬毛刷、錘子和園藝剪刀等工具，打掃和修理前一夜留下的破壞和狼藉。

每到星期五，紐約的一個水果商都要送來五箱橘子和檸檬，而每到星期一，這些水果則只剩下堆積成金字塔形的果皮，從他的後門運走。廚房裡有一種機器，只要管家在一個小按鈕上摁下兩百次，它就可以在半小時內榨乾兩百個橘子。

至少每兩星期一次，大批承辦宴會的人就要從城裡趕來，帶來好幾百英尺長的帆布和足夠用的彩燈，把蓋茨比的巨大花園裝扮得如同聖誕樹。自助餐桌上，擺滿了閃耀的正餐前開胃菜，那些五香烤火腿周圍，簇擁著擺成五顏六色圖案的沙拉、和烤到焦黃而令人垂涎的豬肉酥皮派以及火雞肉酥皮派。大廳裡面，還設有一個帶著銅製欄杆的酒吧，酒吧裡貯存著形形色色的杜松子酒和烈酒，還有那些被遺忘而具有興奮劑作用的甘露酒，而大多數女客太年輕，根本無法辨別這些酒類。

接近七點，樂隊到達現場——絕不是那種五人小樂隊，而是配備齊全的大型樂隊，包括雙簧管、長號、薩克斯管、大小提琴、短號、短笛、高低音鼓……

應有盡有。這個時候，最後一批游泳的客人已經陸續從海灘上走進來，在樓上換衣服。深深的車道上，來自紐約的小車五輛一排地停著，所有廳堂、沙龍和遊廊都已經打扮得五彩繽紛，奇異的新式髮型層出不窮，各式披巾讓卡斯蒂爾人[1]根本就夢想不到。酒吧裡面非常活躍，一輪輪流動的雞尾酒傳遞到外面的花園中，直到空氣中充滿了歡聲笑語、無意間的暗諷，也充滿了介紹用的客套話，在相互始終不知名的女人之間傳遞，但轉身就忘記了。

大地蹣跚著遠離太陽的時候，燈火更加通明，此刻樂隊正在演奏黃色雞尾酒會的曲目，合唱的歌劇又升高了一個音調。每時每刻，笑聲越來越容易迸發而出，賓客慷慨地揮灑著歡快的話語，毫無保留。人群更加迅速地變化，隨著新來的客人而擴大，且忽聚忽散——有一些人已經在徘徊、遊蕩，自信滿滿的少女們往來穿梭於那些較為穩定的人群，時而成為一群人顯眼的歡樂中心，時而又激動得喜氣洋洋，在不斷變換的燈光下，穿過劇變的面孔、嗓

1. Castile，西班牙一地區，以生產披巾聞名。

音和色彩溜走。

突然間，在這些吉普賽人一般的少女中，有一個少女閃爍著珠光寶氣，伸手就抓來一杯雞尾酒，一仰頭便喝下去壯膽，然後就像弗里斯科[2]一樣手舞足蹈，獨自跑到帆布搭成的檯子上去表演。片刻間，在場的人靜息下來，樂隊指揮則樂於助人，專門為她改變了音樂節奏，頓時，一個錯誤的消息流傳開來，說她是吉爾達·格雷[3]在《富麗秀》中的替補演員，人群中立即響起了一陣喋喋不休的議論。派對正式開始了。

我相信，我前往蓋茨比家的第一天晚上，我是少數幾個確實受到邀請的客人之一。好多人並未受到邀請，他們不請自來。他們坐上汽車就到了長島，不知何故就來到了蓋茨比的家門口，一到達就有某個認識蓋茨比的人給他們作介紹，此後，他們都依照遊樂園的規則而言談舉止。有時，他們在來來往往之間根本沒有遇過蓋茨比，他們赴約時懷著那顆淳樸的心，本身就是入場券。

我確實受到了邀請。那個星期六一大早，一個穿著灰綠藍色制服的司機就越過我的草坪，替他的雇主送來一份請柬，請柬上的字跡正式得驚人，說要是我能光臨當晚的「小小聚會」，蓋茨比當不勝榮幸。他還說已經看見過我好幾次，並且早就打算來登門拜訪，但由於種種特殊原因而未能如願——傑伊・蓋茨比簽名，那筆跡顯出高貴氣質。

晚上七點剛過，我就穿上白色的法蘭絨服裝，走到他的草坪上，儘管我偶爾會遇到一張我曾在通勤火車上注意過的臉，但我還是在不認識的人群中四處徘徊，很不自在。我立刻注意到有一些年輕的英國人散落在四周，他們都衣著整潔，看起來略微面帶飢色，在低聲、認真地跟殷實富裕的美國人交談。我很清楚，他們肯定在推銷什麼：債券、保險或汽車。他們至少都苦惱地意識到了附近就有容易賺錢的機會，而且還深信只要交談時言語得當，那些錢就可以賺到手。

我一到達，便想去尋找主人，可是我向兩三個人打聽他的下落之後，他們都大為驚訝地盯著我，矢口否認自己知道他的行蹤，我只好悄悄溜到供應雞

2. Frisco（1889-1958），美國歌舞雜技表演家。
3. Gilda Gray（1901-1959），一九二〇年代名噪一時的美國女星。

尾酒的餐桌那邊——整個花園中，只有這個地方可以讓單身漢逗留，而不至於讓人顯得那麼漫無目的和孤單。

我純粹因為尷尬不已而開懷暢飲，逐漸產生了酩酊醉意，就在此時，喬丹．貝克從房子裡面走出來，站在大理石臺階的最高處，身子微微後仰，帶著輕蔑的好奇俯視著花園。

不管對方是否歡迎，我都覺得自己必須跟某個人待在一起，要不然，我就會開始跟那些經過的客人進行那種禮貌的寒暄了。

「你好！」我大叫了一聲，便朝她走去。我高高的嗓音越過花園，似乎顯得並不那麼自然。

「我想你也許會來這裡的，」我走上去的時候，她心不在焉地回答我，「我記得你就住在隔壁……」

她不動聲色地拉了拉我的手，算是她會照顧我一陣的承諾，同時她又聆聽著兩個穿著相同洋裝的少女談話，她們就駐足在臺階下。

「你好！」她們一起叫道，「很可惜啊，你沒有贏。」

她們說的是高爾夫球比賽。上星期，她在決賽中輸掉了。

「你不知道我們是誰，」其中的一個黃衣少女說，「可是我們大約在一個月之前在這裡碰到過你。」

「從那之後，你們就染過髮了。」喬丹說，這讓我有些吃驚，但那兩個少女卻已經漫不經心地自顧往前走了，因此她的話不過是說給那早早升起的月亮聽的，無疑就像這晚餐一樣，也出自於承辦宴會的人的籃子。喬丹伸出金黃色的纖纖手臂挽著我，我們走下臺階，在花園中閒逛。一盤雞尾酒穿過暮色朝我們飄然而來，我們就在一張餐桌邊坐下，同桌的還有那兩個黃衣少女和三個男人，在作介紹的時候，他們都含糊其辭，因此我根本就記不住他們的名字。

「你常來參加這樣的派對嗎？」喬丹詢問坐在身邊的那個少女。

「上次我來參加，就是我遇見你的那一次，」那個少女機警而自信地回答。她又轉身問她的同伴，「露西爾，你呢？」

露西爾也一樣。

「我喜歡來，」露西爾說，「我從不在乎自己幹什麼，因此我一直覺得很愉快。我上次來這裡，不小心在椅子上鉤破了晚禮服，他就問了我的名字和地址——不到一個星期，我就收到了克羅里埃成衣店送來的一個包裹，裡面有一件嶄新的晚禮服。」

「那你就收下了？」喬丹問。

「我當然就收下了。我本來打算今晚穿來的，但胸圍太大了，非得改一下才能穿。那件晚禮服是藍色的，鑲嵌著淡紫色的珠子。價值兩百六十五美元呢。」

「一個人會幹這樣的事情，真是有點滑稽好笑。」另一個少女熱切地說，「他不希望任何一個人有麻煩。」

「誰不希望？」我詢問。

「蓋茨比。有人告訴我……」

那兩個少女和喬丹把頭湊在一起，談得推心置腹。

「有人告訴我，他們認為他殺過人。」

這句話讓我們大家都不寒而慄。那三個名字含糊的男人也熱切地把身子湊上前來聽。

「我認為不是那樣的，」露西爾懷疑地爭辯道，「更可能的是，他在戰爭期間當過德國間諜。」

其中一個男人點了點頭，表示贊同。

「這是某個人告訴我的，那人對他瞭如指掌，從小跟他在德國長大。」他對我們肯定地保證。

「不對哦，」第一個少女說，「不可能那樣。因為在戰爭期間，他在美國軍隊服役呢。」隨著我們輕信的心轉回到她那裡，她就熱情地前傾身子，「有時候，你要在他以為沒人看他的時候去看他。我敢打賭他殺過人。」

她瞇起眼睛，顫抖起來。露西爾也顫抖起來。我們大家都轉過身，四處尋找蓋茨比。他激發出來的浪漫推測的證明就是，有些人對他竊竊私議，而那些人發現這個世界上很少有需要竊竊私議的事情。

第一次晚餐——子夜之後還有一次——現在開始了，喬丹邀請我去加入她的那一幫朋友，他們在花園的另一邊，分散坐在一張餐桌周圍。那裡有三對夫婦，還有一個護送喬丹前來的大學生，這傢伙很固執，說話習慣於歪曲性的影射，顯然他認為喬丹遲早會或多或少地委身於自己。這幫人沒有在派對上到處閒逛，卻都正襟危坐，一致保持著尊嚴，那種角色儼然沉著的鄉間貴族階層的代表——從東卵故意屈尊前往西卵，又小心翼翼地提防那種光怪陸離的歡樂。

「我們到外面去吧，」在很不恰當地浪費了半個小時後，喬丹小聲說，「對於我，這裡真是過於斯文了。」

我們站了起來，她解釋我們要去找主人——她說我從未見過他，這讓我有些心神不安。那位大學生點了點頭，樣子既有點冷嘲熱諷，又有點悶悶不樂。

我們先掃了酒吧一眼，那裡擠滿了人，然而蓋茨比並沒在那裡。她從臺階最高處俯視，卻沒能找到他，他也不在遊廊上。我們懷著一絲僥倖，推開一扇看起來很重要的門，走進一間高高的哥德式圖書室，這裡的四壁鑲嵌著英國雕花橡木，大概是從海外的某處廢墟遺跡上完整地運過來的。

一個矮胖的中年男人戴著一副貓頭鷹似的大眼鏡，有些醉醺醺地坐在一張巨大的桌子邊上，迷糊而專心地盯著一排排書架。我們進去的時候，他就興奮地轉過身來，把喬丹從上到下打量了一番。

「你覺得怎麼樣？」他衝動地問道。

「什麼怎麼樣？」

他朝著書架揮了揮手。

「那些書怎麼樣。其實你不必麻煩去查看了，我已經查看過了。它們都是真的。」

「這些書嗎？」

他點點頭。

「絕對是真的——一頁接一頁，一應俱全。我還以為它們是那種用漂亮耐用的紙板糊成的外殼呢。事實上，它們絕對是真的。一頁頁並且——我就給你們看看吧。」

他自作聰明地認為我們還在懷疑，便趕忙跑到書櫥前，伸手取下《斯托達德講座》的第一卷回來。

「瞧瞧！」他得意揚揚地叫道，「這可是一卷道道地地的印刷品。它把我給蒙住了。這個傢伙真是個貝拉斯科[4]。這可是一大成功啊，多麼完整，多麼

4. Belasco（1853-1931），美國戲劇家。

真實啊！還懂得在什麼時候收住——沒有切到頁面。可是你還想怎樣呢？你還期望什麼呢？」

他從我手裡一把攫走那本書，匆忙放回書架，咕噥著說要是把一塊磚拿走，整個圖書室就很容易坍塌下來。

「誰帶你們來的？」他問，「你們是不請自來的吧？我可是有人帶來的。大多數客人都是被人帶來的。」

喬丹警惕而歡樂地看著他，並沒有回答。

「一位名叫羅斯福的女人帶我過來的，」他繼續說，「就是克勞德·羅斯福夫人。你們認識她嗎？昨夜我在某個地方碰到了她。我醉了大約一個星期了，我以為坐在圖書室裡面就可能醒酒。」

「那酒醒了嗎？」

「我想醒了一點吧。我還沒法斷定呢。我來到這裡才一小時。我告訴過你們這些書嗎？它們是真的。它們是……」

「你告訴過我們了。」

我們嚴肅地跟他握了握手，回到戶外。

現在，有人在花園中的帆布上跳舞，老頭們推著年輕少女後退，那樣繞出的圓圈永遠都很難看，高傲的夫婦扭來扭去，時髦地抱在一起，一直待在角落——還有很多單身少女跳著個性十足的舞蹈，要不然就去幫樂隊減輕一會兒負擔，彈彈班卓琴，或者玩玩打擊樂器。到了子夜，歡鬧就更甚了。一位著名的男高音用義大利語唱歌，一位聲名狼藉的女低音則唱起了爵士樂曲，在這兩個節目之間，還有人在花園裡到處表演各種「絕技」，而與此同時，一陣陣快樂而空洞的笑聲響徹夏天的夜空。一對舞臺「雙胞胎」——原來就是那兩位黃衣少女，盛裝登場，奉獻了一場幼稚的表演，一杯杯香檳酒端了出來，那酒杯比餐桌上的洗手盅還大。月亮在天上升得更高，海峽中，銀色天秤座的三角形星星漂浮在水面，隨著草坪上那繃緊的、細細的班卓琴聲而微微顫動。

我依然和喬丹·貝克待在一起。我們坐在一張桌子邊，同座的有一個與我年紀相仿的男子，一個吵鬧的小女孩，只要有一丁點刺激，她就會忍不住放聲大笑。此刻我玩得很開心。我喝下了兩大盅香檳酒，我眼前的場景就變得意味深長、重要、深奧了。

娛樂表演休息的時候，那個男子望著我微笑。

「您很面熟啊，」他彬彬有禮地說，「戰爭期間您不是在第三師嗎？」

「哎呀，對啊。我在第九機槍營。」

「我在第七步兵團待到一九一八年六月。我剛才就覺得以前在什麼地方見過您呢。」

我們交談了一會兒，聊到了一些灰白而多雨的法國村莊。他顯然就住在這附近，因為他告訴我說他剛買了一艘水上滑艇，正打算明天早晨去好好試玩一下。

「兄弟，願意跟我一起去嗎？就沿著海峽靠近岸邊轉一下。」

「什麼時候？」

「只要您方便，隨時都可以。」

我正要問他的名字，話已經到了嘴邊，而就在此時，喬丹掉頭朝我微笑。

「現在玩得開心了吧？」她問。

「好多了。」我又轉頭對著我新認識的那個朋友說，「對我來說，這場派對很特別。我竟然沒有碰到主人。我就住在那邊……」我朝著遠處看不見的籬笆揮了揮手，「這個蓋茨比派他的司機送了一份請柬過來。」

他看了我一會兒，彷彿不明白我的話。

「我就是蓋茨比。」他突然說道。

「什麼！」我驚叫起來，「哦，請原諒。」

「老夥計，我還以為你知道呢。看來我沒當好主人。」

他寬容地莞爾一笑——還遠不止寬容。這是罕見的笑容，其中含有一種永遠讓人放心的素養，你一生中可能只見過四、五次。片刻間，這種笑容面對——或者似乎面對著——整個外面的世界，然後把一種你喜歡的、難以抗拒的偏愛凝聚在你的身上。它如你所願而恰如其分地理解你，正如你相信自己那樣而相信你，向你保證它對你擁有恰如其分的印象，而這種印象又是你最希望傳達出來的。就在這一刻，這種笑容消失了——我看著的是一個舉止優雅的年輕粗人，年紀大約三十一、二歲，其文質彬彬的言談方式有些拘泥於禮節，但又恰好避免了荒誕可笑。我強烈地感到他說話很小心謹慎，字斟句酌，此後不久他才作自我介紹。

幾乎就在蓋茨比先生表明自己身分的那一刻，一個管家就匆匆跑來向他報告，說是芝加哥有電話找他。他依次朝大家微微欠身抱歉。

「老夥計，如果你需要什麼，就儘管開口，」他敦促我說，「對不起，我等一會兒再過來陪你們。」

他離開之後，我立即轉身看著喬丹——迫不及待地向她表達了我的驚訝。我本來還以為蓋茨比先生是一個臉色紅潤、大腹便便的中年人。

「他是誰呢？」我問道，「你知道嗎？」

「他就是一個叫作蓋茨比的人啊。」

「我是問他來自何方？他又從事何種職業？」

「你現在也開始關心這件事了，」她回答，露出一絲蒼白的笑容，「呃，他告訴過我說他曾經在牛津大學讀書。」

他那模糊的背景本來已經開始顯現出來，但隨著她接下來的一句話，又慢慢消失了。

「無論如何，我都不相信。」

「你為什麼會不相信呢？」

「不知道，」她堅持說，「我就是不認為他上過牛津大學。」

她的語調中，有什麼弦外之音讓我想起另一個少女所說的「我覺得他殺過人」，大大激發我的好奇心。說出蓋茨比出身於路易斯安那的沼澤地區，或者出身於紐約的東城南區[5]這樣的訊息，我都會毫無疑問地接受。那是可以理解的。但是年輕人不會——至少就我這個沒見過世面的外地人看來，我相信他們不會從不存在的地方悄悄冒出來，在長島海峽岸邊購置了一座像宮殿一樣的別墅。

「總之，他喜歡舉行大型派對，」喬丹話鋒一轉，彬彬有禮地表現出她厭惡談到具體細節，「而我也喜歡大型派對，多麼隱祕啊。小型聚會則毫無隱私可言。」

大鼓隆隆響起，突然傳來樂隊指揮的聲音，壓倒了花園裡的嘈雜聲。

「各位女士、各位先生，」他大聲嚷嚷，「應蓋茨比先生的要求，我們將為各位演奏弗拉基米爾．托斯托夫先生的最新作品，在過去的那個五月，這

5. 當時紐約的貧民區。

部作品在卡內基音樂廳引起大家的關注。如果各位讀過報紙，就知道它曾經轟動一時。」他露出笑容，面帶快活的謙遜，又加上了一句，「真是轟動啊！」因此引得眾人哈哈大笑。

「這支曲子很出名，」他有力地斷然說道，「叫作〈弗拉基米爾·托斯托夫的爵士音樂世界史〉！」

我理解不了托斯托夫先生這支樂曲的本質，因為正當開始演奏的時候，我的目光落到蓋茨比身上，他獨自站在大理石臺階上，面帶滿意的神情從一群人掃視到另一群人。在他的臉上，那曬得黝黑的皮膚迷人地緊繃著，他的短髮看起來似乎每天都要修剪。我看不出他身上有什麼險惡的跡象。我想知道的是，他不喝酒這件事是否有助於把他和客人分隔開來，因為在我看來，隨著充滿友愛的歡鬧不斷高漲，他的言行似乎就更加得體。〈爵士音樂世界史〉結束時，一些少女像小狗一樣歡樂地把頭搭在男人的肩上，另一些少女則嬉戲著暈倒在男人的懷中，甚至暈倒在人群中，因為她們知道總會有人把她們扶住——但沒有哪個少女暈倒在蓋茨比身上，也沒有哪種法式短髮碰到蓋茨比的肩頭，更沒有哪種四重唱組合來拉蓋茨比一起。

「對不起。」

蓋茨比的管家突然站在我們旁邊。

「請問是貝克小姐嗎？」他問道，「抱歉，打擾了，蓋茨比先生想跟您單獨談談。」

「跟我談嗎？」她驚訝地大聲說道。

「是的，女士。」

她慢慢站了起來，驚訝地朝我揚起眉毛，跟著管家朝房子走去。我注意到她穿著晚禮服，而不管她穿什麼服裝，都像穿運動服一樣——她的動作中流露出輕快活潑的姿態，彷彿她最初是在空氣清爽的早晨學會了走在高爾夫球場上。

我獨自一人，現在已近凌晨兩點。有一陣子，從上面的露臺，從一個有很多窗戶的長長的房間裡，傳來了雜亂而迷人的聲音。此刻，護送喬丹前來的那位大學生正和歌舞團女演員大談產科之類的話題，還懇求我去加入，為了躲避他，我溜到了屋裡。

大房間裡人頭攢動。那兩個黃衣少女之一正在彈奏鋼琴，她身邊站著一位身材高䠷的紅髮少婦，她來自一家著名的歌舞團，此刻正在唱歌。她已經喝了好一些香檳，在歌唱的過程中，她不合時宜地認定一切都非常非常糟糕——原來她不僅在唱歌，還在哭泣。只要歌曲中稍有暫停，她就會用斷斷續續的抽泣聲來填充，然後用震顫的女高音來重唱歌詞。淚珠順著她的面頰滾落下來——儘管如此，那些眼淚卻並沒有暢快地流下來，因為淚水接觸到濃墨重彩的眼睫毛時，就呈現出墨水般的顏色，如同兩條小溪緩慢地繼續下淌。有人幽默地提議，她應該依照自己臉上的那些音符來唱歌，聽聞此言，她猛地舉起雙手，倒在一把椅子上，呼呼大睡起來，渾身還散發出酒氣。

「她跟一個自稱是其丈夫的男人打了一架。」靠近我肘邊的一個少女解釋說。

我環顧四周。此刻，留下來的女人多半都在跟其所謂的丈夫爭吵，就連喬丹那一幫人，來自東卵的那個四人組合，也因為意見不合而四分五裂。其中一個男人好奇心十足，跟一個年輕女演員交談，他的妻子本來還想裝出一副保持尊嚴、無關緊要的模樣，但沒想到最後完全崩潰了，便採取了旁敲側擊的方式——時不時突然出現在他的身邊，像一條憤怒的響尾蛇嘶嘶地對著他的耳朵說：「你答應過我的！」

遲遲不願回家的，還不限於那些任性的男人。此刻，兩個清醒得可憐的男人和他們憤怒至極的妻子占據了門廳。他們的妻子微微抬高嗓門，互表同情。

「每當他看見我玩得開心，他就想回家了。」

「我這輩子還從來沒聽說過有這麼自私的事情。」

「我們總是最早離開的人。」

「我們也一樣。」

「呃，今夜我們幾乎是最後離開的了，」其中一個男人怯懦地說，「樂隊在半小時前就走了。」

儘管兩位妻子都認為如此的狠毒簡直讓人難以置信，這場爭論終於還是在短暫的拉扯中結束了——兩位妻子被抱了起來，雙腿亂踢，消失在夜色之中。

我在門廳等待取帽子的時候，圖書室的門打開了，喬丹・貝克和蓋茨比一起走了出來。他還在跟她說最後一句話，但是，當幾個人走過來跟他道別的時候，他的舉止中原有的熱情一下子就繃緊成了拘謹的禮節。

喬丹的那一幫人從門廊上不耐煩地朝她大喊，然而她還是逗留了片刻，跟我握手。

「我剛剛聽說了一件最令人驚異的事情，」她低聲說，「我們在那裡面待了多久？」

「哎呀，大約有一小時吧。」

「這件事……簡直令人驚異，」她出神地重複說，「但我發過誓不會洩漏給別人，現在，我就讓你乾著急。」她溫文爾雅地朝著我的臉打了個呵欠，「請來看我吧……電話簿上……名叫西古奈・霍華德夫人……那是我的姑媽……」她一邊說話，一邊匆匆離開，她那棕色的手輕鬆活潑地揮別，同時就消失在門口她那一幫人之中。

我第一次來這裡就待到這麼晚，這讓我很慚愧，因此我就加入了簇擁在蓋茨比周圍的最後幾位客人的行列。我要解釋晚上很早我就過來了，而且在找他，還要向他道歉，因為在花園裡跟他面對面的時候卻沒把他認出來。

「你太客氣了，」他殷切地囑咐我，「老夥計，別再想了。」這個熟悉的稱呼的親密程度，還不如他那在我肩上安慰地輕拍的手，「可別忘了明天早晨九點我們要去坐水上滑艇哦。」

接著，管家就出現在他的肩後：

「費城那邊給您來電話了。」

「好，馬上就來。告訴他們我很快就來……晚安。」

「晚安。」

「晚安。」他微笑著——突然，我變成最後離開的人，這其中似乎頗有令人愉快的意義，彷彿他一直都希望這樣，「晚安，老夥計……晚安。」

但是，就在我走下臺階的時候，我看見這場晚宴還沒有完全結束。就在距離門口五十英尺處，十幾盞小車的前燈照亮了一片奇異、喧鬧的場景。路邊的水溝裡，躺著一輛雙座四輪新轎車，它的右側向上翹起，一隻車輪被猛然撞掉了。它駛離蓋茨比的車道還不到兩分鐘就出事了，撞到了一道牆突出的部分，結果造成了車輪脫落，此刻引起了五、六個好奇的司機的注意和圍觀。然而，他們自己的小車卻擋住了道路，使得後面車上的司機不斷按喇叭，刺耳的噪音充斥了耳朵，又令這個本來已經夠亂的現場更加混亂。

一個穿著長風衣的男子從那輛撞壞的汽車裡爬了出來，此刻他站在道路中央，看看汽車，又看看輪胎，再從輪胎掉頭看看圍觀者，樣子顯得愉快而困惑。

「看哪！」他解釋，「車都陷到水溝裡面了。」

這件事讓他無比詫異，我最先聽出了那驚訝中流露出不同尋常的口氣，然後就認出了那個人——他就是那位先前進入蓋茨比的圖書室的客人。

「怎麼會這樣啊？」

他聳了聳肩。

「我對機械學可是一竅不通。」他果斷地說。

「但這究竟是怎麼發生的呢？你撞到了牆上？」

「別問我，」那個「貓頭鷹眼」說，把責任推得一乾二淨，「我幾乎不會開車——幾乎一竅不通。我只知道開到溝裡了。」

「呃，要是你不怎麼會開車，那你就不該想要在晚上開車呀。」

「可是我連試也沒試，」他憤怒地解釋說，「我連試也沒試呀。」

旁觀者頓時驚愕得鴉雀無聲。

「你是不是想自殺啊？」

「幸好你只是撞掉了一個輪子！開車技術這麼糟糕，甚至還試都不試！」

「你們不明白，」那個罪人解釋，「我可沒開車，車裡還有一個人呢。」

這一聲明引發了震驚，人群中紛紛發出「啊……啊……啊」的聲音，與此同時，那輛雙座四輪轎車的車門慢慢打開了。圍觀的人群——此刻已聚集了一大群人——很不情願地後退，當車門大大地打開，又有一次可怕的停頓。然後，漸漸地、一點一點地，一個臉色蒼白、搖搖晃晃的人從撞壞的汽車裡跨出來，伸出一隻有些猶豫的大舞鞋，在地面上試探性地擦了一下。

這個幽靈般的人物被汽車前燈照射得睜不開眼，被連續不斷的喇叭聲吵得摸不著頭腦，站在那裡搖晃了一會兒，才注意到那個穿風衣的人。

「怎麼啦？」他平靜地問道，「我們的車沒油了嗎？」

「看看吧！」

五、六個人指著那個脫落的輪胎，而他盯著輪胎看了一會兒，然後抬頭仰望，彷彿在懷疑那個輪胎是從天上掉下來的。

「輪胎掉了。」有人解釋說。

他點了點頭。

「起初我還沒注意到車停了。」

他停頓了一會兒，又深深地吸了一口氣，直起雙肩，毅然決然地說：

「不知道你們能否告訴我，哪裡有加油站？」

至少有五、六個人，其中一些人比他清醒一些，對他解釋說車輪和車子已經分離，再也沒有任何實際上的聯繫了。

「倒車吧，」一會兒後，他又提議，「把車倒出來吧。」

「可是輪胎已經掉了啊！」

他猶豫了。

「試一下也無妨嘛。」他說。

那些汽車喇叭像貓叫春似的到達了高潮，我轉身越過草坪回家。我一度回頭張望。一輪圓月照耀在蓋茨比的別墅上面，使得夜色一如既往地美好，比他那依然熾熱的花園裡的歡聲笑語更為長久。此刻，一種突然的空寂似乎從那些窗戶和那扇巨大的門裡流了出來，使得那個主人的身影完全處於孤立之中，他站在門廊上，舉起一隻手，用正規的手勢來揮別。

讀一遍我迄今所寫下的文字，我明白自己已經給人留下了一種印象，那就是相隔幾個星期的三個夜晚的活動吸引了我。正相反，那些事情純粹是在一個擁擠忙碌的夏夜偶然發生的，而且直到很久以後，它們還遠不如我的私事那樣吸引我。

我大部分時間都在工作。清晨，太陽把我的影子投向西邊，我沿著紐約南部林立的大樓之間的那些白色裂口前行，匆匆走向正誠信託公司。我熟知其他職員和年輕債券推銷員的名字，在幽暗而擁擠的餐館裡跟他們共進午餐，吃點豬臘腸、馬鈴薯泥，喝點咖啡。我甚至還跟一個女孩有過短暫的風流韻事，她住在澤西城，在會計部門工作，但是，她的哥哥開始對我擺臉色、翻白眼，因此，在她七月外出度假的時候，我就悄悄讓這樁風流韻事煙消雲散了。

我通常都在耶魯俱樂部吃晚飯——因為某種緣故，這成了我一天中最沮喪的事情。然後，我會上到樓上的圖書室，花一小時去認真學習投資和有價證券方面的知識。俱樂部裡一般都有幾個喜歡玩鬧的人，但他們從來不會進入圖書室，因此那裡就成了學習的好地方。之後，如果夜色溫和、柔美，我就會沿著麥迪遜大道一路散步，經過那家古老的默里山飯店，再越過第三十三街，前往賓夕法尼亞車站。

我開始喜歡紐約了，喜歡它在夜間活力十足的冒險體驗，還有男男女女和機器讓人應接不暇的閃現給不安的眼睛帶來的滿足。我喜歡沿著第五大道向北漫步，從人群中挑出那些浪漫的女人，幻想自己在幾分鐘之後就會進入她們的生活，而且根本沒有人會知道或者反對這樣的事情。有時候，在我的腦海裡，我會跟著她們走向她們那位於隱蔽街角上的寓所，她們會轉過身來朝我微笑，然後才穿過房門漸漸消隱在溫暖的黑暗之中。在大都市令人銷魂的暮色中，我有時會產生一種難以排解的孤獨感，而且還覺得別人也同樣感到孤獨——潦倒的年輕職員在櫥窗前閒蕩，等待孤身去餐館吃晚飯的時間到來——黃昏時的年輕職員，虛度夜晚和生活中最令人痛苦的時刻。

此外，在晚上八點，四十幾號那一帶的黑暗小巷裡擠滿了悸動的計程車，它們五輛一排，駛往百老匯劇院區，我的心裡感到一種沉淪。計程車停下來等待的時候，車裡的身影依偎在一起，嗓音如歌吟一般傳過來，還有聽不見的玩笑引起的笑聲，點燃的香菸在車裡勾勒出難以理解的手勢。我幻想自己也在匆匆趕路，前往尋歡作樂的場所，分享他們隱祕的激動，我也為他們祝福。

我有好一陣沒見到喬丹・貝克了，然後在仲夏，我又看到了她。起初，我為能陪伴她前往各地而感到榮幸，因為她畢竟是高爾夫球賽冠軍，而且人人都知道她的大名。接著，就有了更多的事情。我並沒有真正墜入愛河，但我感到一種溫柔的好奇。在她朝世人擺出的那張厭煩而傲慢的臉後面，隱藏著什麼——大多數裝模作樣的行為最終都隱藏著什麼，即便是在開始時並不是這樣——有一天，我發現了那究竟是什麼。那天，我們一同前往瓦立克去參加一場鄉間別墅聚會，她把一輛借來的小車停在雨中，沒拉下車篷，然後對此撒了謊——突然間，我想起了在黛西家裡的那天晚上、我沒想起的關於她的那件往事。在她參加的第一場重要的高爾夫球賽上，發生了一場爭論，差點被登上報紙——有人暗示，在半決賽上，她偷偷把自己的球從不利的落球點上移動了。這件事幾乎成了醜聞，然後又平息了下去。一個球僮撤回了自己的聲明，而另一個唯一的證人也承認自己有可能搞錯了。這一事件和這個名字一起留在我的腦海裡。

喬丹・貝克本能地避開生性聰明、性格狡猾的男人，現在我明白這是為什麼了，因為她覺得，在大家都認為不可能發生背離規範行為的層面上活動，會比較安全。她不誠實已經到了病入膏肓的地步。她不甘處於下風，假設她這樣不情願，那我猜想她在很年輕的時候就開始玩弄各種詭計了，以便對世人保持那種冷漠、傲慢的微笑，然而又滿足了她那硬朗、活潑的身體的需要。

這對我毫無影響。女人的不誠實，是你永遠不會去指責的事情——我偶爾會感到遺憾，然後就忘了。正是在那場鄉間別墅聚會上，我們就開車的問題有過一次古怪的對話。這是因為她開車從一些工人旁邊擦身而過時，擋泥板輕輕碰到了一個工人的外衣鈕扣。

「你開車的技術很糟糕，」我抗議道，「你要麼應該更小心，要麼根本就不該開車。」

「我很小心了。」

「不對，你並不小心。」

「哦，反正別人會小心的。」她一臉輕鬆地說。

「那跟你開車又有什麼關係？」

「他們會避開我的，」她固執地堅持說，「如果發生車禍，一個巴掌拍不響。」

「假設你碰到一個跟你一樣粗心的人呢？」

「那我希望永遠不會碰到，」她回答，「我討厭粗心的人。這就是我喜歡你的原因。」

她那雙被陽光照射得瞇起的灰眼睛直直地盯著前面，但她故意轉移了我們的關係，有一陣子，我認為自己愛上她了。但是，我頭腦遲鈍，滿腦子都是清規戒律，對於我的欲望發揮了剎車作用，並且在回家後，我知道首先得讓自己一定要擺脫那種糾葛。一直以來，我每個星期都要寫一封信，並且落款「愛你，尼克」，而我能想起的一切，都是在某個少女打網球的時候，她的上唇會微微出現小鬍子一般的汗珠。無論如何，仍有一種含糊曖昧的關係必須先巧妙地擺脫，我才算是自由。

每個人都設想自己至少有四種基本美德[6]當中的一種，而這就是我的美德：我就是我所知的極少數誠實者當中的一個。

6. 即謹慎、堅毅、克制、公正。

世上只有被追求者、追求者、忙碌者和疲憊者。

第四章

星期天早晨，教堂的鐘聲響徹沿岸的村莊，這個世界的男男女女又回到了蓋茨比的別墅，在他的草坪上歡快地走動。

「他是賣私酒的，」那些少婦一邊說，一邊徜徉在他的雞尾酒和鮮花之間，「有一次，他殺死了一個人，因為那個人發現他是馮・興登堡[1]的侄子，魔鬼的遠房堂兄弟。寶貝，給我摘一朵玫瑰花，給我把最後一滴酒倒在那個

1. Von Hindenburg（1847-1934），德國元帥、政治家，第一次世界大戰中曾任德軍總司令。

水晶杯裡吧。」

有一次，在一張火車時刻表的空白處，我寫下了那年夏天來到蓋茨比別墅參加派對的賓客的名字。現在那張時刻表已經很陳舊了，折疊處快要斷開，標題上寫著「這份時刻表從一九二二年七月五日生效」的字樣，儘管如此，我依然能讀出那些暗淡的名字。這個名單給你的印象會比我的籠統概括還要清晰，那些人接受蓋茨比的殷勤款待，對這位主人卻一無所知，還致以自己微妙的讚譽。

那麼，來自東卵的人當中，有賈斯特．貝克爾夫婦、利奇夫婦和一個我在耶魯認識的名叫本森的人，還有韋伯斯特．西維特醫生，他去年夏天在北方的緬因州淹死了。霍恩比姆夫婦、威利．伏爾泰夫婦和布萊克巴克全家，他們總是聚集在角落，無論誰靠近，他們都像山羊一樣揚起鼻子。還有伊斯梅夫婦、克利斯蒂夫婦（更確切地說，是休伯特．奧爾巴哈和克利斯蒂先生的妻子）和愛德格．比弗——據傳，在一個冬日的下午，他的頭髮無緣無故就像棉花一般轉白了。

我記得，克拉倫斯．恩迪夫來自東卵。他只來過一次，穿著白色的燈籠褲，在花園裡跟一個名叫埃蒂的無業遊民打了一架。從長島更遠處而來的人，有奇德爾夫婦和O．R．P．施雷德夫婦、喬治亞州的斯通沃爾．傑克遜．艾布拉姆夫婦、菲什加德夫婦和里普利．斯內爾夫婦——斯內爾鋃鐺入獄三天前還來過，當時他喝得爛醉，躺在沙礫車道上，結果讓尤利西斯．斯威特夫人的汽車輾壓了右手。丹西夫婦也來過，年近七旬的S．B．懷特貝特、莫里斯．A．弗林克、漢默海德夫婦、菸草進口商貝魯加和他的幾個姑娘都來過。

來自西卵的人，有波爾夫婦、瑪律雷迪夫婦、塞西爾．羅巴克、塞西爾．舍恩、州議員古利克，有控制了卓越電影公司的紐頓．奧爾奇德、艾克豪斯特和克萊德．科恩、唐．S．施瓦茨（兒子）和亞瑟．麥卡蒂，他們都跟電影界有千絲萬縷的關聯。還有卡特利普夫婦、本伯格夫婦和G．厄爾．瑪律登，就是那個後來勒死自己妻子的瑪律登的兄弟。推銷商達．豐塔諾也去那裡，埃德．萊格羅斯、詹姆斯．B．（「劣酒」）菲雷特、德．瓊夫婦和歐尼斯特．李利——他們都是來賭博的，每當菲雷特漫步走進花園，那就意味著他輸光了錢，第二天，聯合拖拉機公司的股票就有利可圖地漲跌。

一個名叫克利普斯普林格的男人頻頻出現在那裡，而且待的時間也很長，因此他就被大家戲稱為「寄宿者」了——至於他是否還有另一個家，我很懷疑。在戲劇界人士中，有格斯・威茲、霍瑞斯・奧多諾萬、萊斯特・邁耶、喬治・達克維德和法蘭西斯・布林。從紐約來的人，有克羅姆夫婦、巴克海森夫婦、丹尼克爾夫婦、拉塞爾・貝蒂、科雷根夫婦、凱萊赫夫婦、杜瓦夫婦、斯卡利夫婦、S・W・貝爾徹夫婦、斯默克夫婦和如今已經離婚的小奎因夫婦，還有亨利・L・帕爾梅托——他後來在時報廣場跳到一列地鐵前面自殺身亡。

本尼・麥克萊納漢總是帶著四個少女前來，每次帶來的少女並不完全一樣，但看上去又彼此相同，因此不免讓人覺得她們好像以前都來過。我忘了她們的芳名——我想叫作賈桂琳，要不然就叫康斯薇拉、格洛麗婭、裘蒂或者瓊什麼的，她們悅耳的姓氏，不是用花朵和月分來取的，就是那些美國大資本家更具尊嚴的姓氏，如果有人追問，她們就會承認自己是那些資本家的遠房親戚。

除了以上這些人，我還能想起福斯蒂娜・奧布萊恩至少來過一次，還有貝迪克爾家的姐妹、年輕的布魯爾——他在戰爭中不幸被子彈射掉了鼻子，有奧布魯克斯伯格先生和他的未婚妻哈格小姐、阿迪塔・費茲彼得夫婦，還有

P・朱厄特先生，他曾經擔任美國退伍軍人協會的主席，克勞迪婭・希普小姐則帶著一個被稱為其司機的男人，還有一位某某親王，我們稱他為「公爵」，而他的名字，如果我曾經知道，現在也早就忘得一乾二淨了。

那年夏天，所有這些人都光臨過蓋茨比的別墅。

七月底的一天早晨九點，蓋茨比的那輛豪華小車突然蹣跚著爬上布滿岩石的車道，開到了我的門前，它那擁有三個音調的喇叭裡發出了一陣悅耳的旋律。儘管我去參加過他舉辦的兩次晚宴、坐過他的水上滑艇，還在他的盛情邀請之下頻頻借用他的海灘，但這還是他第一次前來登門拜訪我。

「早安，老夥計。今天你跟我共進午餐吧，我想我們就一起開車進城。」

他把身子平衡在汽車儀表板上，展現出美國人如此特有的那種靈巧動作——我想，這是因為他在年輕時沒有抬重物或坐姿不嚴謹所致，更是因為我們喜好突然暴發而不拘形式的運動所形成的優雅所致。這種特質一直衝破他那拘謹的舉止，不安地顯露出來。他一點都不安靜，始終讓一隻腳輕輕踏著某處，要不然就是讓一隻手不耐煩地張開又合攏。

他看見我露出羨慕的神情看著他的汽車。

「老夥計，這輛車很漂亮，對吧？」為了讓我看得更清楚，他從車上跳下來，「你以前從來沒看過這輛車嗎？」

我看過。大家都看過。這輛車是濃郁的淺黃色，鍍鎳處發亮，那長得出奇的車身上，到處鼓起帽子箱、餐食箱、工具箱，讓人喜歡，並且還有層層疊疊的擋風玻璃，玻璃上反射著十幾個太陽。我們在多層玻璃後面那溫室般的綠色皮革座椅上坐下，開始朝城裡前進。

過去一個月，我大概跟他交談過五、六次，令我失望的是，我發現他的話極少。我最初以為他是某個相當重要的人物，這樣的印象因此自然而然就漸漸消失了，他不過是隔壁一家精品飯店的老闆而已。

接著，那次令人不安的驅車旅程就發生了。我們還沒有抵達西卵村，蓋茨比就開始咽住他那些優雅的句子，猶猶豫豫地用手拍著他那穿著淺棕色西裝的膝蓋。

「老夥計，聽我說，」他令人驚訝地衝口而出，「你究竟對我有什麼看法？」

這讓我有點不知所措，便開始閃爍其詞地搪塞，而對於那個提問，這樣的搪塞是應該的。

「好吧，我要跟你講講我的身世，」他打斷了我的話，「你聽到的是漫天謊言，我可不想讓你因為謊言而對我產生錯誤的看法。」

原來，對於那些在他的客廳裡的談話，那些加油添醋、稀奇古怪的指責，他早就意識到了。

「我要告訴你真相。」他突然賭咒似的舉起右手，「我是中西部一個有錢人家的兒子，我的家人如今都去世了。我在美國長大，卻在牛津接受教育，因為我的祖先都在那裡接受過多年的教育。這是家庭傳統。」

他從側面瞟了我一眼——我這才明白喬丹．貝克為什麼認為他在撒謊了。他匆匆把「在牛津接受教育」這幾個字一帶而過，或者將它吞了下去，要不然就是哽住了，彷彿這句話以前就讓他煩惱過。有了這種懷疑，他的整個陳述就支離破碎了，我最終懷疑他是否有點居心叵測。

「在中西部哪裡？」我隨便問了一句。

「舊金山[2]。」

「我明白了。」

「我的家人都去世了，留給我一大筆錢。」

他的聲音很嚴肅，彷彿家族突然消亡的記憶依然縈繞在他的腦海裡。有一陣子，我懷疑他在捉弄我，但我掃了他一眼，又覺得他所言不虛。

「那之後，我就在歐洲所有的大都市過著東方王侯般的生活——巴黎、威尼斯、羅馬，收藏珠寶，主要是收藏紅寶石，狩獵大型動物，畫一些畫，凡此種種，都是為了讓自己消遣，盡量忘掉很久以前發生的那些傷心事。」

我努力讓自己不發出懷疑的笑聲。那些措辭用得多麼陳腐、俗套，以至於只喚起了這樣一個形象：一個裹著頭巾的「角色」，全身的每個毛孔都在往外洩漏出鋸木屑，穿過布洛涅森林追逐老虎。

「老夥計，後來戰爭就爆發了。這是極大的解脫，我想方設法為國捐軀，但我的生命似乎被施了魔法一樣刀槍不入。戰爭開始的時候，我接受了中尉軍銜。在阿貢森林一役中，我率領兩個機槍分遣隊一路向前衝鋒，如此深入敵軍陣地，以至於我們兩側都有半英里的空隙，步兵無法在那裡推進。我們在那裡堅守了兩天兩夜，一百三十個士兵，帶著十六挺路易斯機槍，等到步兵終於趕上來的時候，他們在堆積如山的屍體中發現了分屬三個德軍師的徽章。我晉升為少校，每個盟國政府都給我頒發了勳章——甚至包括蒙特內哥羅，就是亞得里亞海沿岸的那個小小的蒙特內哥羅！」

小小的蒙特內哥羅！說到這幾個字眼，他提高了嗓門，微笑著朝它們點頭。那種笑容表示他理解蒙特內哥羅動亂的歷史，也包含著對蒙特內哥羅人民英勇戰鬥的同情。他的笑容充分表達了他對蒙特內哥羅一連串的國家處境能感同身受，因此這個心懷感激的小國贈予他這樣的嘉獎。此刻，我原本的懷疑已被驚奇淹沒，這就像在匆匆翻閱十幾本雜誌一樣。

他把手伸進口袋，掏出一塊繫在緞帶上的金屬，放進我的手掌心。

「這就是蒙特內哥羅頒發的那枚勳章。」

讓我驚訝的是，這玩意兒看起來是真的，上面有一圈銘文這樣寫道：「丹

2. 舊金山在美國西海岸的加州，並不在中西部。

尼洛勳章，蒙特內哥羅國王尼古拉斯。」

「翻過來看看。」

「傑伊・蓋茨比少校，」我念道，「為表彰其英勇過人。」

「這裡還有一件我總是隨身攜帶的玩意。這是牛津時代的紀念品，是在三一學院的四方形院子裡拍攝的——我左邊的那個人，就是現在的唐卡斯特伯爵。」

這是一張有五、六個年輕人的照片，他們身穿顏色鮮明的運動夾克，在一個拱門下面遊蕩，透過拱門，看得見一大片塔尖。蓋茨比就在那些人之中，看起來比現在稍微年輕一點，手持一根板球棒。

那麼，這一切都是真的了。我看見了一張張色彩斑斕的虎皮掛在他那位於大運河[3]上的宮殿中，我看見了他打開一箱紅寶石，那些寶石閃爍著深紅色的光芒，來撫慰他那顆破碎的心。

「今天我要請你幫個大忙，」他說，心滿意足地把他的紀念品放進口袋，「因此我覺得你應該對我有所瞭解。我不希望你認為我是無足輕重的人。你知道，我常常發現自己置身於陌生人之中，因為我東飄西蕩，努力想忘掉那件傷心事。」他猶豫了一下，「今天下午你就會聽到這件事的。」

「午餐時嗎？」

「不，是今天下午。我碰巧知道了你要邀請貝克小姐去喝茶。」

「你是說你愛上了貝克小姐，對嗎？」

「不是的，老夥計，我沒愛上她。可是貝克小姐願意跟你談這件事。」

我對「這件事」一無所知，但我沒什麼興趣，卻更感到厭煩。我邀請喬丹喝茶，可不是為了談論傑伊．蓋茨比先生。我很清楚，這個請求肯定是那種完全異想天開的事情，片刻間，我開始後悔自己當初踏上他那擠滿客人的草坪。

他再也不說話了。接近城裡的時候，他露出一臉的矜持。我們經過羅斯福港，瞥見那些塗有紅色帶子的遠洋輪船，沿著一個貧民區那鵝卵石鋪就的道路飛速行駛，道路兩旁，是那些還時常有人光顧的陰暗酒吧，那是曾經鍍金

3. 這裡是指義大利威尼斯的大運河。

而又褪色的二十世紀初遺留下來的。然後，灰燼山谷在我們的兩側展開，我們駛過的時候，我瞥見威爾遜夫人正在油泵前給汽車加油，她氣喘吁吁、充滿活力。

隨著擋泥板像翅膀一樣展開，我們穿過半個阿斯托里亞[4]，沿途灑下了光芒——只有半個阿斯托里亞，因為正當我們在高架鐵路的柱子中間繞來繞去，我就聽見摩托車發出「突——突——突」的響聲，原來是一個警察發狂似的騎著摩托車，在我們車旁跟我們並駕齊驅。

「沒問題的，老夥計。」蓋茨比大聲叫道。我們放慢了車速。他從皮夾中掏出一張白色卡片，在那個警察眼前晃了一下。

「好了，原來是您呀，」警察一邊應承，一邊脫帽致敬，「蓋茨比先生，下次就認識您了。對不起！」

「那是什麼？」我詢問，「是那張牛津照片嗎？」

「我曾經給警察局長幫過忙，他就每年給我寄來一張聖誕卡。」

大橋上空，陽光穿過鋼梁，照耀在川流不息的汽車上，不斷閃爍，河對面，城市聳立而起，宛若一堆堆白色糖塊，都是出於擺脫了銅臭的願望而修建起來的。從皇后大橋望去的這座城市，始終是初次望去的那座城市，有它最初的承諾——人世間所有的神祕和美麗。

一輛裝載著死者的靈車超越了我們，車上堆滿鮮花，兩輛拉上了窗簾的馬車緊隨其後，接著是更為歡快的馬車，裝載著親友。那些親友從車上張望我們，他們悲傷的眼神和短短的上唇，表明他們來自東南歐，我很高興的是，蓋茨比的豪車出現在他們這個憂鬱的假日中。當我們從橋上駛過布萊克威爾島，一輛豪華轎車超越了我們，司機是個白人，而車上則坐著三個時髦的黑人，兩男一女。當他們露出超越我們時的那種傲慢神態，朝我們直翻白眼的時候，我忍不住大笑起來。

「我們駛過了這座橋，一切都可能發生了，」我想，「無論是什麼……」

即便是蓋茨比這種人物也可能偶然出現，完全無須大驚小怪。

4. Astoria，紐約皇后區的一個地段。

喧鬧的正午。在第四十二街一家電扇呼呼作響的地下餐廳裡，我跟蓋茨比碰面，共進午餐。我眨著眼睛趕走外面街道上的刺眼光亮，在候座區依稀找到了他的身影，他正在跟另一個人談話。

「卡拉韋先生，這是我的朋友沃爾夫希姆先生。」

一個矮小的塌鼻子猶太人抬起大腦袋來打量我，長長的鼻毛伸出他的兩個鼻孔。片刻之後，我在半明半暗的光線中看見了他的那雙小眼睛。

「……因此我看了他一眼，」沃爾夫希姆先生一邊說，一邊誠摯地跟我握手，「你猜猜我幹了什麼？」

「幹了什麼呢？」我彬彬有禮地問。

但顯然他並不是在跟我說話，因為他放下了我的手，用他那個富於表現力的鼻子對準了蓋茨比。

「我把那筆錢交給了卡茨保，我說：『好吧，卡茨保，只要他不閉嘴，就一分錢也別給他。』而他當場就閉了嘴。」

蓋茨比的雙手拉著我們倆的各一隻手臂，走進餐廳，因此，沃爾夫希姆先生把他正要開始說的一句話嚥了回去，陷入一種心不在焉的迷離神態。

「要不要薑汁威士忌？」服務生領班詢問。

「這家餐館很不錯，」沃爾夫希姆先生一邊說，一邊看著天花板上那些長老會傳奇中的美女，「可是我更喜歡街對面那家。」

「是的，來幾杯薑汁威士忌吧，」蓋茨比欣然贊成，然後又對沃爾夫希姆先生說：「那邊太熱了。」

「是的，那邊又小又熱，」沃爾夫希姆先生說：「可是充滿了回憶啊。」

「那是什麼地方？」我問。

「老都市酒店。」

「老都市酒店，」沃爾夫希姆先生悶悶不樂地沉思著，「充滿了早已消逝的面孔。充滿了如今早已不在人世的朋友。只要我還活著，就無法忘記他們在那裡槍殺羅西・羅森塔爾的那個夜晚。當時我們六個人坐在桌邊，羅西整個晚上都在大吃大喝。快到早晨的時候，服務生一臉狡猾可疑地來找他，說是外面有人想跟他說話。『好吧。』羅西一邊說，一邊開始站起來，而我一把就把他拉回座椅上。

「如果那些雜種要來找你，就讓他們進來好了，羅西，幫幫忙，你可千萬不要走出這個房間。

「那時是凌晨四點，如果我們拉起窗簾，就會看見天色已經亮了。」

「他出去了嗎？」我天真地問。

「他當然出去了，」沃爾夫希姆先生的鼻子憤憤不平地朝我閃現了一下——「他在門口轉過身來說：『別讓那個服務生撤走我的咖啡！』然後他就出去了，走到外面的人行道上，他們朝著他吃飽飽的肚子連開三槍，接著就開車逃走了。」

「其中四個兇手坐了電椅。」我想起來了，就說道。

「算上貝克爾是五個人。」他對我的話感興趣，把鼻毛轉向我，「我明白你正在尋找生意關係。」

把這兩句話並列在一起，著實讓人吃驚。蓋茨比為我回答：

「哦，不是那樣的，」他大聲說道，「這不是那個人。」

「不是？」沃爾夫希姆先生似乎很失望。

「這只是一位朋友。我告訴過你我們另找時間談那件事。」

「對不起，」沃爾夫希姆先生說，「我認錯人了。」

一盤多汁的雜燴菜端了上來，沃爾夫希姆先生就忘記老都市酒店那種更為傷感的氛圍，開始痛快地大吃起來。同時，他的目光十分緩慢地把餐廳徹底掃視了一番——他轉過身來打量緊靠在我身後的客人，從而完成了這個弧形動作。我想，如果不是我在場，他可能還會朝我們自己的餐桌下面瞄上一眼呢。

「老夥計，聽我說，」蓋茨比湊過來對我說，「今天早晨在車上，恐怕我有點惹你生氣了吧。」

笑容又浮現在他的臉上，但這一次我卻不為所動。

「我不喜歡把事情搞得神神祕祕的，」我回答，「我就不明白你為什麼不肯直言相告，讓我知道你想幹什麼。為什麼這一切非得透過貝克小姐呢？」

「哦，這絕不是什麼見不得光的事情，」他向我保證，「貝克小姐是一位偉大的女運動員，她絕不會去幹那些不正當的事情。」

突然，他看了看手表，跳了起來，匆匆離開餐廳，把我和沃爾夫希姆先生留在餐桌邊。

「他得去打電話了。」沃爾夫希姆先生一邊說，一邊目送他離開，「他是個好人對吧？看起來英俊瀟灑，人品也很好。」
「是的。」
「他在牛津[5]讀過書。」
「哦！」
「他上過英國的牛津大學。你知道牛津大學嗎？」
「我聽說過。」
「那可是世界上最著名的大學之一。」
「你認識蓋茨比很久了嗎？」我問。
「認識幾年了吧，」他很滿足地回答，「戰爭剛一結束，我就有幸認識了他。但跟他聊了一小時後，我就知道自己找到了一個很有教養的人。我對自己說『這就是你願意帶回家介紹給你的母親和姊妹的人啊』。」他停頓了一下，「我知道你在看我的袖扣。」
我本來並沒有看那些鈕扣，但經他這麼一說，現在卻真的在看了。那些鈕扣是幾小塊熟悉得出奇的象牙製成的。
「是用人的臼齒做成的最佳標本。」他告訴我。

「哇！」我審視了一番，「那很有創意。」

「是啊。」他把衣袖翻捲到外衣底下，「是啊，蓋茨比對女人很謹慎。對於朋友的妻子，他甚至看都不看一眼。」

當那個受到本能信賴的談話對象回到餐桌邊坐下，沃爾夫希姆先生猛地一口就喝乾了杯中的咖啡，站了起來。

「我很享受這頓午餐，」他說，「我要趕緊離開你們這兩個年輕人了，免得待太久而不受歡迎。」

「邁耶，別著急嘛。」蓋茨比毫無熱情地說。沃爾夫希姆先生舉起手來，動作類似祝福。

「你們很有禮貌，可是我屬於另一代人，」他嚴肅地宣布，「你們在這裡坐坐吧，談談你們的運動、談談你們的年輕女人，還有你們的……」他又揮了一下手，代替了一個想像中的名詞，「至於我嘛，我五十歲了，我就再也

---

5. Oggsford，牛浸，為牛津的諧音，這裡和以下幾處均暗指沃爾夫希姆口齒不清。

不會把自己強加給你們了。」

當他跟我們握手、轉身之際，他那悲劇性的鼻子在顫抖。我懷疑自己是否說了什麼話衝撞了他。

「他有時會很傷感，」蓋茨比解釋說，「今天就是他的一個傷感日。他在紐約是個大人物——百老滙的地頭蛇。」

「那他究竟是做什麼的？是演員嗎？」

「不是。」

「那是牙醫？」

「邁耶・沃爾夫希姆？不是，他是賭徒。」蓋茨比遲疑了一下，然後又沉著冷靜地補了一句：「他就是在一九一九年非法操縱世界棒球聯賽的那個人。」

「非法操縱世界棒球聯賽？」我重複了一遍。

這句話讓我大吃一驚。我當然還記得一九一九年的世界棒球聯賽被非法操縱了，可是，即使我想到過這一切，我也覺得那不過是一件已經發生了的事情，是一連串不可避免的事情的結果而已。我從來沒有想到一個人竟然可以用撬開保險櫃的盜賊的那種專心致志，來玩弄五千萬球迷。

「他為什麼要去做那種事呢？」過了一分鐘，我才問。

「他僅僅是看到了機會而已。」

「那他為什麼沒有去坐牢？」

「老夥計，他們沒法逮住他呀。他可是聰明絕頂。」

我堅決要求自己付帳。當服務生把找的零錢送來時，我瞥見湯姆·布坎南就在擁擠的餐廳那一邊。

「跟我來一下，」我說，「我得跟人打聲招呼。」

湯姆一看見我們，就跳了起來，朝我們這邊走出了五、六步。

「你最近都到哪裡去了？」他急切地問我，「因為你沒打電話，黛西還大動肝火呢。」

「布坎南先生，這位是蓋茨比先生。」

他們握了握手，蓋茨比的臉上掠過一絲緊張而陌生的尷尬神情。

「你近來究竟如何？」湯姆追問我，「你怎麼會跑到這麼遠的地方來吃飯？」

「我和蓋茨比先生共進午餐。」

我轉過身去看蓋茨比，卻發現他早已消失得無影無蹤了。

一九一七年十月的一天——

（那天下午，在廣場飯店的露天茶座，貝克小姐端坐在一把高靠背的椅子上對我說）——我當時正從一個地方前往另一個地方，時而走在人行道上，時而又走在草坪上。我更喜歡走在草坪上，因為我穿著一雙從英國買來的鞋，那橡膠鞋底會在柔軟的地面留下一個個下凹的印痕。我穿著一條格子花呢的新裙子，每當裙子在風中微微揚起，所有房子前面的紅、白、藍旗幟都僵直地伸展，發出「噓……噓……噓……噓」的反對聲。

最大的一面旗幟和最大的一片草坪，屬於黛西・費伊家。那時她剛滿十八歲，比我大兩歲，顯然在路易斯維爾的少女中最受歡迎。她穿著白色洋裝，擁有一輛白色小跑車，她家裡的電話整天都響個不停，泰勒營地的那些激動的年輕軍官要求擁有當晚獨占她的時間的特權，「無論怎樣，都給一小時吧！」

那天早晨，我從她家對面走過，她那輛白色跑車就停在路邊，她跟一個我以前從未見過的中尉坐在車上。他們倆彼此全神貫注，以至於我走到了五英尺開外，她才看見我。

「你好，喬丹，」她出乎意料地喊道，「請你過來一下。」

她想跟我說話，我感到很榮幸，因為在所有比我年紀大的少女中，我最讚賞，也最羨慕她。她問我是否要去紅十字會製作繃帶。我說要去。呃，那麼，我可以告訴他們說她那天不能去嗎？就在黛西說話的時候，那位軍官看著她，流露出那種少女有時候想讓別人看著自己的神態，因為那對我來說很浪漫，我從此就記住了這個插曲。他名叫傑伊．蓋茨比，此後的四年多我沒有瞧見他——即便是我在長島遇到他之後，我也沒有意識到那就是同一個人。

那是一九一七年。到了第二年，我自己也有了追求者，而且我開始參加比賽，因此我跟黛西就很少見面了。當時，她還跟人來往，那是一群稍稍年長的人。關於她的流言漫天流傳——說是在一個冬夜，她的母親如何發現她收拾行裝，準備去紐約，跟一個即將起程奔赴海外的軍人告別。家裡人及時阻止了她前往，但此後有好幾個星期，她都不怎麼跟他們說話。從那以後，她就再也不跟軍人來往了，卻只跟城裡幾個根本無法從軍的扁平足、近視眼的年輕人過從甚密。

到了第二年秋天。她又像從前一樣開心了起來。停戰之後，她就在社交場合首次正式露面，大概在二月，她跟一個來自紐奧爾良的男人訂了婚。到了六月，她就嫁給了芝加哥的湯姆．布坎南，他們的婚禮排場在路易斯維爾奢華得前所未聞：他帶著一百位客人包下了四節火車廂南下，還在塞爾巴赫飯店包下了整整一層樓，在婚禮的前一天，他還送給她一串價值約三十五萬美元的珍珠。

我當時是伴娘。婚宴前半小時，我走進她的房間，發現她穿著繡花洋裝躺在床上，可愛得就像那個六月之夜，像猴子一樣喝得酩酊大醉。她一手拿著一瓶蘇岱白葡萄酒，另一手則拿著一封信。

「祝福我，」她喃喃地咕噥，「以前從沒喝過酒，但今天可算是喝個痛快了。」

「黛西，怎麼啦？」

我可以告訴你，當時我嚇得要命，我以前從未見過一個少女醉成那樣。

「嘿，寶貝。」她把一個廢紙簍拿到床上，在裡面胡亂摸索了一通，掏出那串珍珠，「把這玩意拿到樓下去，還給它原來的主人。告訴他們，黛西改變心意了。就說『黛西改變心意了』。」

她開始號啕大哭——她哭個不停。我跑了出去，找到她母親的女傭，然後我們就鎖上門，讓她洗了個冷水澡。她拿著那封信，死死不肯鬆手。她把信帶進浴缸，將它捏成黏糊糊的一團，直到她看見那封信像雪花一樣飄散，才讓我把它放在肥皂碟裡。

可是她再也沒說一句話。我們給她用了醒酒的精油，又把冰塊放在她的額頭上，還幫她穿好洋裝。半小時後，我們走出房間，那串珍珠就戴在她的脖頸上，這場風波就此結束了。第二天下午五點，她甚至沒有猶豫一下就嫁給了湯姆·布坎南，然後動身前往南太平洋度蜜月，旅行了三個月。

當他們度假歸來，我在聖塔巴巴拉見到了他們，我想我從未見過一個女孩如此瘋狂地迷戀自己的丈夫。如果他離開房間一分鐘，她就會焦躁不安地四處張望，問「湯姆到哪裡去了」，臉上露出一副非常恍惚的神態，直到看見他從門外走進來才作罷。她常常在沙灘一坐就是一小時，讓他把頭擱放在自己的大腿上，一邊用指頭揉著他的眼睛，一邊無比喜悅地看著他。看見他們在一起的情景，真讓人感動——那會讓你入迷得大笑，卻又不好意思笑出聲來。那是在八月。一個星期之後，我就離開了聖塔巴巴拉，某天夜裡，湯姆在文圖拉公路上開車的時候，不慎跟一輛貨車相撞，他那輛小車的一個輪子被撞掉了。跟他同車的那個少女因為一隻手臂被撞斷了，也被刊登在報紙上——她就是聖塔巴巴拉旅館一個打掃房間的女服務生。

隔年四月，黛西生了個小女兒，他們到法國去待了一年。有一年春天，我在坎城見到了他們，後來又在多維爾見過，再後來，他們就回到了芝加哥安頓下來。在芝加哥，黛西可是大出風頭，很受歡迎，這你是知道的。他們跟一幫放浪形骸的人來往，而那些人全都很富有卻又生活放蕩，但她卻是出淤泥而不染，始終保持著清白的名聲。也許這是因為她不喝酒的緣故吧。在酗酒成癮的人當中，不喝酒的人占有優勢。你不僅可以守口如瓶，還可以選擇時機做有的沒的之類的小勾當，因此其他人就看不見或者不在乎了。也許黛西根本就不是去偷情什麼的——然而，她的嗓音中卻有某種異樣……

呃，大約在一個半月之前，她這些年來第一次聽到蓋茨比這個名字。就是那次我問你——你還記得不——是否認識西卵的蓋茨比。你回家之後，她就來到我房間，把我叫醒，問我「是哪個蓋茨比」，而我就把他描述了一番——當時我半睡半醒——她用最奇怪的嗓音說，那肯定就是她以前認識的那個人。直到那時，我才把這個蓋茨比和當年坐在她的白色跑車上的那個軍官聯繫起來。

當喬丹．貝克把這一切講完，我們離開廣場飯店已經有半小時了，正坐著一輛四輪折篷馬車穿過中央公園。太陽已經沉落到西城幾十號門牌的那些電影明星的公寓後面，那些少女早已像蟋蟀一般聚集在草叢上，她們清澈的嗓音穿過灼熱的暮色升上來：

我是阿拉伯的酋長，
你的愛蕩漾在我的心上。
夜裡，當你進入睡夢，
我就會爬進你的帳篷——

「這真是奇怪的巧合。」我說。

「但這根本就不是什麼巧合。」

「為什麼不是？」

「蓋茨比買下了那座房子，如此一來，黛西就剛好在海灣對面了。」

那麼，他在那個六月之夜所追求、所渴望的，不過是天上的星星罷了。在我看來，他充滿活力，突然從他那無意義的光輝的子宮中被釋放出來。

「他想知道，」喬丹繼續說，「某天下午，你能否邀請黛西去你的房子，然後讓他也過來。」

這個要求如此簡單，真讓我震驚。他竟然等了五年，還買了一座府邸，在那裡把星光分發給那些偶然來來往往的蛾子，因此他就能在某天下午「過來」，前往一個陌生人的花園。

「難道我非得先瞭解這一切，他才能提出這樣一件區區小事？」

「他害怕啊。他等了那麼久。他覺得自己可能會冒犯你。你瞧，他完完全全是個鍥而不捨的人。」

有件事情讓我煩惱。

「那他為什麼沒要你來安排約會呢？」

「他想讓她看看他的房子，」她解釋道，「而你的房子恰好就在隔壁。」

「哦！」

「我覺得，他有點期望她在某天晚上會漫步走進他舉辦的一場派對，」喬丹繼續說，「但是她從來沒去過。然後，他開始有意無意地問別人是否認識她，而我就是他找到的第一個人。就是他在他舉辦的宴會上派人來請我去的那天晚上，你真該聽聽他是怎樣煞費苦心、彎來繞去才說到這件事的。當然，我立即提議在紐約安排一頓午餐——我覺得他會瘋掉的：

「『我不想幹任何不恰當的事情！』他不斷地說：『我就想在隔壁見見她。』

「當我說你是湯姆的好朋友，他又開始完全打消這個主意。儘管他說自己好幾年都讀一份芝加哥報紙，僅僅是期望瞥見黛西的名字，但他對湯姆也不怎麼瞭解。」

此時天色暗了下來，當我們的馬車微微下行，來到了一座小橋下面，我把手臂擱放在喬丹那金黃的肩上，把她拉到我的身邊。突然間，我再也沒想黛西和蓋茨比了，卻一心想著眼前這個乾淨、健壯、能力有限的人，她用那種懷疑一切的方式來處理世事，她快樂地後靠在我的臂彎裡。一個警句開始在我的耳朵裡面跳動，有些令人振奮、激動：「世上只有被追求者、追求者、忙碌者和疲憊者。」

「黛西的生活也應該有點什麼。」喬丹喃喃地對我說。

「她想見到蓋茨比嗎？」

「她應該還不知道這件事吧。蓋茨比不想讓她知道。他希望只是由你出面請她過來喝茶。」

我們經過了一排黑黝黝的樹木，然後，在第五十九街的正面，一片柔弱而淡淡的光芒照耀到下面的公園。跟蓋茨比和湯姆・布坎南不同，我沒有什麼女朋友——她那縹緲的臉沿著黑暗的簷口和刺眼的招牌而飄浮，於是我就把身邊這個女孩拉近，緊緊地摟著。她那蒼白而輕蔑的嘴上露出了笑容，於是我再次把她拉近，這次貼到了我的臉上。

第五章

那天夜裡我回到西卵家中的時候，一度擔心我的房子失火了。凌晨兩點鐘，半島的整個一角都燈光燦爛，那虛幻的光芒照射在灌木叢上，在路邊的電線上映照出那種細而拉長的閃光。一拐角，我就看到那燈光來自蓋茨比的別墅，從塔樓到地窖都燈火通明。

起初，我還以為他又在舉辦派對，那樣一場狂歡讓整個別墅都敞開了胸懷，融入了諸如「捉迷藏」或「罐頭裡的沙丁魚」之類的遊戲。可是那邊鴉雀無聲，只有樹林中吹來的風颯颯地撥動電線，使得電燈忽明忽暗，彷彿這座房子正對著黑夜眨眼。當我坐的那輛計程車呻吟著開走，就看見蓋茨比越過他的草坪朝我走來。

「你的府邸看起來就像世界博覽會。」我說。

「是嗎？」他茫然把目光轉向房子，「剛才我打開一些房間看了看。老夥計，我們到科尼島[1]去吧，就坐我的車去。」

「太晚了。」

「呃，那就到我的游泳池裡泡一泡，怎麼樣？整個夏天我都沒用過游泳池。」

「我得上床睡覺了。」

「好吧。」

他等著，急切而又壓抑地看著我。

「我跟貝克小姐談過了，」我過了一會兒說，「明天我就給黛西打電話，邀請她過來喝茶。」

「哦，那好啊，」他漫不經心地說，「我不想給你添麻煩。」

「你覺得哪一天合適呢？」

「你覺得哪一天合適呢？」他迅速糾正我，「你知道，我不想給你添麻煩的。」

他考慮了片刻，然後勉強地說：

「我想讓人把草坪割刈平整。」

我們倆看了看草——我這邊的草坪蓬亂不堪，而他那邊大片的深綠色草坪則打理得整整齊齊，兩者之間有一條涇渭分明的界線。我猜想他是說要找人修剪我的草坪。

「還有一件小事。」他閃爍其詞地說，接著欲言又止。

「你是否想延後幾天？」我問道。

「哦，不是要延後。至少……」他笨拙地一連說出了幾句話，又都吞了回去，「哎呀，我覺得……哎呀，老夥計，聽我說，你賺得不多，對吧？」

「不太多。」

這句話似乎打消了他的顧慮，他就更加自信地說下去。

1. Coney Island，紐約市的一小島，著名的遊樂地。

「請你原諒我這麼說，我覺得你賺得不多……你瞧，我兼職做點小生意，賺點外快，你明白的。我覺得如果你收入不多……老夥計，你在賣債券，對吧？」

「正在學呢。」

「那麼，這就會讓你感興趣。你用不著花很多時間，就可以賺到一筆可觀的錢。這碰巧是一件相當祕密的事。」

此刻我意識到，如果在另一種情況下，那次談話可能成為我生活中的一個重大轉捩點。但是，因為他的這個提議很露骨，而且並不老練，明顯是為了答謝我對他的幫助，因此我別無選擇地打斷了他的話。

「我忙得不可開交，」我說，「我很感激，但我再也無法承擔更多工作了。」

「你完全不需要跟沃爾夫希姆打交道。」顯然，他認為我在躲避午餐時提到的那種「關係」，但我明白告訴他說是他誤會了。他又等了片刻，希望我開始對話，但我過於全神貫注，沒有搭腔，於是他就不情願地回家去了。

那天晚上，我頭昏眼花而又愉快，我想自己一進了大門就倒頭便睡，呼呼進入了夢鄉。因此，我不知道蓋茨比是否去了科尼島，也不知道他「打開一些房間看」了多少個小時，而同時，他的房子繼續亮著俗麗的燈光。第二天上午，我就從辦公室給黛西打了個電話，邀請她過來喝茶。

「別帶湯姆過來。」我警告她。

「什麼？」

「別帶湯姆過來。」

「『湯姆』是誰呀？」她故作天真地問道。

我們約定喝茶的那天，大雨傾盆。上午十一點，一個穿著雨衣的人拖著一臺割草機來敲我的前門，說蓋茨比先生派他過來割草。我這才想起自己忘了吩咐我的芬蘭女傭回來，於是我就驅車前往西卵村，在那些浸透了水、刷成白色的小巷間去找她，同時還買一些茶杯、檸檬和鮮花。

鮮花倒是多餘的，因為下午兩點，蓋茨比的別墅那邊送來了整整一個花房，還有無數的插花器皿。一小時後，大門就緊張不安地打開了，蓋茨比身穿一套白色的法蘭絨西裝，繫著金色領帶，匆匆忙忙走了進來。他的臉色蒼白，眼圈黑黑的，可見一夜都沒睡好。

「都安排好了嗎？」他立即問道。

「如果你是指草坪的話，那草坪看起來很整潔了。」

「什麼草坪？」他一臉茫然地問道，「哦，是院子中的草吧。」他從窗戶看著外面的草，但從他的表情上來判斷，我認為他什麼也沒看見。

「看起來很好，」他含含糊糊地說了一句，「有一家報紙說，他們認為這場雨大約在四點就會停下來。我想是《紐約日報》上這樣說的吧。喝……喝茶所需要的東西，你都準備好了嗎？」

我帶著他走進食品間，他有點責備地看了看那個芬蘭女傭。我們一起仔細檢查那十二塊從熟食店買來的檸檬蛋糕。

「還可以吧？」我問道。

「當然可以，當然可以啊！很精美！」他又空洞地補上一句，「……老夥計。」

大約到了三點半，雨就漸漸小了起來，變成了潮溼的霧氣，偶爾會有幾滴細小的雨像露珠一樣穿過霧氣灑下來。蓋茨比眼神茫然地流覽著一本克萊[2]的《經濟學》，每當芬蘭女傭來往的腳步在廚房地板上引發震動，他都會吃驚，還不時朝模糊的窗戶張望，彷彿外面正在發生一連串看不見卻又令人擔憂的事情。最終他站起身來，用含糊的嗓音告訴我說他要回家了。

「為什麼呢？」

「不會有人來喝茶了。太晚了！」他看了看手表，彷彿他還要前往別處去處理什麼急事，「我不能等一整天。」

「別傻了，現在還差兩分鐘才到四點呢。」

他彷彿被我推了一下似的，可憐兮兮地坐了下來，同時，外面響起汽車駛進我的車道的聲音。我們倆都跳了起來，我自己也有點緊張，跑到外面的院子中。

在滴著水的光禿禿丁香樹下，一輛大型敞篷汽車正駛上車道。車子停了下來。黛西的臉在一頂淡紫色的三角形帽子下面歪向一邊，露出燦爛而狂喜的笑容，看著我。

2. Henry Clay（1883-1954），英國經濟學家。

「我最親愛的人啊，這就是你的房子嗎？」

她的嗓音在雨中泛起令人愉快的漣漪，無疑讓人很振奮。我不得不側耳聆聽那高低起伏的聲音，過了片刻，我才聽到她的話語。我扶著她下車的時候，一縷溼髮就像一點藍色顏料貼在她的面頰上，她的手也被閃耀的水滴打溼了。

「你愛上我了嗎，」她對著我的耳朵低語，「要不然我為什麼非得一個人過來呢？」

「那是《拉克倫特堡》[3]的祕密。告訴你的司機把車開得遠遠的，過一個小時再回來接你。」

「弗迪，過一小時再回來接我。」然後她低沉地喃喃說道，「他叫弗迪。」

「汽油味對他的鼻子有影響嗎？」

「我想沒有影響吧，」她天真地說，「為什麼會有影響呢？」

我們進了屋。讓我大為震驚的是，客廳裡面竟然空無一人。

「呃，這很滑稽啊！」我驚呼起來。

「什麼很滑稽？」

此刻，前門上響起了一聲很莊重的輕叩，她轉過頭去。我走到外面去開門。蓋茨比，面如死灰，雙手像重物一樣插在外套口袋裡面，站在一窪積水中，可憐兮兮地盯著我的眼睛。

他依然把雙手插在外套口袋裡，昂首闊步地掠過我而走進門廳，突然轉身，彷彿被一根線牽著似的消失在客廳裡面。這一點也不滑稽。我意識到自己的心怦怦亂跳，便伸手拉門關上，擋住外面越來越大的雨。

足足有半分鐘，屋裡鴉雀無聲。然後我聽見客廳裡傳來一陣哽咽似的喃喃低語，還有些許笑聲，接著就傳來了黛西的嗓音，夾雜著清脆而又不自然的音符：

「再次見到你，我真是太開心了。」

寂靜的停頓，持久得可怕。我在門廳無事可做，便走進房間。

蓋茨比，依然把雙手插在口袋裡面，身子斜倚在壁爐架上，極力裝出一副完全放鬆、甚至無精打采的樣子，但很緊張。他深深地後仰腦袋，倚靠在壁

3. 英國女作家瑪麗婭．埃奇沃思於一八〇〇年出版的小說。

爐架上一臺停擺的座鐘鐘面上，從這個位置，他那心神錯亂的目光盯著黛西，而黛西則坐在一把高靠背椅子的邊緣上，受到了驚嚇，姿勢卻不失優雅。

「我們以前見過。」蓋茨比咕噥道。他瞥了我一眼，嘴唇張開，想笑出來卻又嚥了回去。就在此刻，在他腦袋的壓迫之下，那臺座鐘危險地傾斜，搖搖欲墜，因此他轉身伸出顫抖的手指把它抓住，放回原處。接著他就坐了下來，僵直著身子，肘部擱放在沙發扶手上，手掌托住下巴。

「對不起，差點就把鐘給摔壞了。」他說。

此刻，我自己的臉漲得通紅，彷彿遭到了熱帶太陽的曝曬。我腦子裡有上千句客套話，卻一句也說不出來。

「那臺鐘很舊了。」我像白癡一般地告訴他們。

我想，有一陣子，我們都相信那臺座鐘已經在地板上摔得粉身碎骨了。

「我們已經好多年沒見了。」黛西說，她的嗓音盡可能顯得像往常一樣。

「到十一月的時候，就整整五年了。」

蓋茨比脫口而出的回答，又讓我們大家都遲疑了至少一分鐘。我竭盡全力地建議他們到廚房去幫我準備茶水，他們倆便站了起來，而就在此時，那魔鬼般的芬蘭女傭竟然用托盤端著茶水進來了。

茶水、蛋糕帶來的混亂其實很受歡迎，使得我們在身體上保持著某種莊重、得體。蓋茨比退到一邊，在黛西和我交談之際，他用他那雙緊張而並不快樂的眼睛認真地看看我，又看看她。儘管如此，由於平靜並不是目的，我看準機會，就找藉口站起來要走。

「你要去哪裡？」蓋茨比趕忙驚慌地問。

「我會回來的。」

「你走之前，我得跟你說一些事情。」

他瘋了似的跟著我走進廚房，關上門，可憐兮兮地低聲說：「天啊！」

「怎麼啦？」

「這是個可怕的錯誤，」他把頭搖來搖去，說，「很可怕、很可怕的錯誤。」

「你只是覺得尷尬而已，沒什麼。」幸好我又多說了一句，「黛西也覺得尷尬。」

「她覺得尷尬？」他懷疑地重複了一句。

「跟你一樣尷尬。」

「嗓門別那麼大嘛。」

「你的行為就像小孩，」我不耐煩地脫口而出，「不僅如此，你還粗魯無禮。你不該讓黛西孤零零地坐在那裡面。」

他舉起手，要我不要再講下去，用那種令人難忘的責備眼神看著我，然後小心翼翼地打開門，回到了房間。

我從後門出去——半小時前，蓋茨比也是從這裡出去的，當時他緊張兮兮地繞著房子轉了一圈。而現在，我奔向一棵渾身瘤結的黑黝黝的大樹，那棵大樹枝繁葉茂，似乎形成了一種遮雨的織物。此刻，大雨又開始傾盆而下，我那片不規則的草坪，先前被蓋茨比的園丁修剪得整整齊齊，此刻卻成了小泥潭和史前一般的沼澤。從大樹下面望出去，除了蓋茨比那座碩大的房子，就再也沒有什麼可看的了，因此我就像康德盯著教堂塔尖一樣，盯著那座大房子長達半小時之久。早在十年前瘋狂的「復古熱潮」[4]中，一個啤酒釀造商修建了這座房子，有傳聞稱，他當時還同意，如果鄰近所有小別墅的主人都用茅草來蓋屋頂，他就會為其付出五年的稅金。也許他們的拒絕重創了他那顆要「建家立業」的雄心——他很快就一蹶不振，鬱鬱而終。他的子女賣掉這座房子的時候，門上還掛著黑色的花圈。美國人，雖然偶爾會情願當奴隸，但始終不肯去當農民。

半小時後，太陽又照耀下來，雜貨店的送貨汽車駛來，繞過蓋茨比的車道，給他的僕人送來一些晚餐要用的生食材——我感到，他肯定一口也吃不下去。一個女僕開始打開他房子樓上的窗戶，在每個窗口出現片刻，還從正中那個大凸窗探出身子，沉思著什麼，又朝著花園啐了一口。我該回去了。剛才不停下雨的時候，那淅瀝的聲音就像他們倆的竊竊私語，偶爾會隨著陣陣迸發的情感而高漲起來。但是在這新來的沉寂中，我感到沉寂也降臨到了房子裡面。

我進屋的時候，先是到廚房盡可能弄出各種聲響，只差沒把火爐推翻了，但我相信他們根本就充耳不聞。他們分別坐在沙發的兩端，面面相覷，彷彿

4. 指十九世紀末、二十世紀初美國富豪興起的修建仿古建築之風。

提出了某個問題且懸而未決，所有尷尬的跡象都消失得無影無蹤。黛西淚流滿面，我進去的時候，她一下子就跳了起來，趕緊在鏡子前用手帕擦去淚痕。但是，蓋茨比身上有一種令人困惑的變化。他簡直是容光煥發，沒有片言隻語，也沒有歡欣的手勢，身上卻洋溢著一種新的幸福感，那種氛圍彌漫了小小的房間。

「老夥計，你好啊。」他說道，彷彿好多年都沒見到我了。片刻間，我還以為他要跟我握手呢。

「雨停了。」

「停了嗎？」當他意識到我在說什麼，房間裡有了那閃亮飛舞的陽光小精靈的時候，他就像天氣預報員，也像欣喜若狂的光之守護神一樣露出了笑容，還把這一消息報告給了黛西，「你感覺怎樣？雨停了。」

「傑伊，我很高興。」她的嗓音充滿了哀婉之美，僅僅透露出了她意外的歡樂。

「我希望你跟黛西到我家裡去，」他說，「我要帶你們到處逛逛。」

「你真的想要我去嗎？」

「老夥計，當然想啊。」

黛西上樓去洗臉——我這才羞愧地想起我該給她毛巾，但已經太晚了，此刻蓋茨比和我在草坪上等她。

「我的房子很好看，對吧？」他問道，「瞧瞧吧，它的整個正立面都映照著光芒呢。」

我也認為那座房子漂亮極了。

「是的。」他的目光仔細審視著那座房子，不放過每一道拱門、每一座方塔，「為了買下這座房子，我花了整整三年的時間來賺錢。」

「我還以為你繼承了你家族的錢呢。」

「老夥計，我是繼承了錢，」他無意識地脫口而出，「但是我在大恐慌——也就是戰爭引起的那場大恐慌中失去了一大半。」

我覺得他幾乎不知道自己究竟在說什麼，因為當我問他在做什麼生意，他回答「那是我的事」，而這句話剛說出口，他又意識到這樣的回答很不恰當。

「哦，我做過好幾種生意，」他改口說道：「我做過藥品生意，然後又做過石油生意。但現在我都沒做了。」他更加注意地看著我，「你的意思是你一直在考慮那天晚上我提議的那件事?」

我還沒來得及回答，黛西就從房子裡面出來了，她的洋裝上，兩排黃銅鈕扣在陽光下閃爍微光。

「就是那邊那座大大的房子嗎?」她用手指著喊道。

「你喜歡嗎?」

「我喜歡，可是我不明白你為什麼一個人孤零零地住在那裡。」

「我一直讓有趣的人來這裡作客，他們日日夜夜都擠滿了這座房子。那些做有趣之事的人、那些有名望的人。」

我們並沒沿著海灣走捷徑過去，而是走到大路上，穿過那道巨大的後門進去。一路上，黛西發出令人陶醉的喃喃聲，她讚不絕口，一會兒讚美那映襯在天空背景上的領地似的城堡的黑色剪影，一會兒又讚美花園，讚美黃水仙散發的芳香、山楂花和梅花那泡沫般的香氣，還有金銀花那金子般的淡淡芬芳。抵達大理石臺階的時候，沒看到之前那些鮮豔的衣裳洋裝從大門進進出出，還真讓人感到奇怪。

進了房子，我們穿過瑪麗·安東尼風格的音樂廳、王政復辟時期風格的小客廳，我感到每一張沙發和餐桌後面都隱藏著客人，他們奉命默默地屏住氣息，直到我們走過去。當蓋茨比關上「默頓學院圖書室」[5]的門，我可以發誓，我聽到了那個戴貓頭鷹眼鏡的人爆發出幽靈般的笑聲。

我們走到樓上，穿過一間間古色古香的臥室，這些房間裡覆蓋著玫瑰色和淡紫色的絲綢、擺滿了生機勃勃的鮮花，穿過一間間更衣室和彈子房，還有帶著沉陷式浴缸的浴室——闖入一間臥室的時候，一個亂髮糟糟的男人正在裡面，他穿著睡袍在地板上做伏地挺身。這就是那個「寄宿者」克利普斯普林格先生。那天早晨，我看見他在海灘上飢腸轆轆似的到處徘徊。最後，我們來到蓋茨比自己的套房，其中包括一間臥室、一間浴室和一間亞當式[6]的書房，我們在書房裡坐下來，喝了一杯他從碗櫥中拿出來的蕁麻酒。

他一直看著黛西，我想他在重新評估自己房子中的一切，評估的尺度依照

5. 牛津大學的下屬學院，以藏書豐富而聞名。
6. 法國的一種建築裝飾和家具風格。

了她那雙備受鍾愛的眼睛裡給出的回應。有時候，他也神情恍惚地盯著自己周圍的那些財物，彷彿在她那令人驚駭的真實存在面前，這一切都不再真實了。有一次，他還差點從樓梯上摔倒下去。

在所有的房間中，他的臥室最簡樸——屋裡，只有梳妝檯上裝飾著一套純金的梳妝用具，但顏色已然不那麼鮮明了。黛西高興地拿起刷子，撫平自己的頭髮，於是蓋茨比坐下來用手遮住眼睛，開始大笑起來。

「老夥計，這是最滑稽的事情。」他開心地說，「當我想要……我就不能……

……」

顯然，他經歷了兩種狀態，而此刻正進入第三種。在他的尷尬和盲目衝動結束之後，他因為她的存在而陷入了驚奇，無法自拔。他的腦海裡曾經充滿這個念頭，不斷地夢想，直到最後，可以說是咬緊牙關等待，感情強烈得令人難以置信。現在，置身於反作用中，他就像一臺發條擰得太緊的時鐘，漸漸停了下來。

片刻之後，他就恢復了精神，為我們打開了兩個精巧別致的龐大壁櫥，裡面層層疊疊地裝滿了他的西裝、晨衣和領帶，還有像十幾塊磚塊一樣一疊疊堆起的襯衫。

「我讓一個英國人幫我買衣服。每當春秋兩季開始，他都會給我寄來一些精挑細選的衣物。」

他拿出一堆襯衫，開始一件件扔在我們面前，那些都是純亞麻、厚絲綢和細法蘭絨襯衫，飄落時都抖散開來，亂糟糟地擺滿了桌子，五顏六色。我們讚賞之際，他又拿來更多襯衫，那些柔和、華美的襯衫堆得越來越高——條紋襯衫、渦線形襯衫、格子花紋襯衫，珊瑚色、蘋果綠、淡紫色、淡橘色，以印度藍色的繡線繡著他姓名的縮寫。突然間，黛西發出了不自然的聲音，一頭埋進那堆襯衫，號啕大哭起來。

「這些襯衫多美啊，」她啜泣著說，她的嗓音被抑制在那一堆厚厚的襯衫裡，「這讓我很傷心，因為我從來沒見過這麼……這麼美的襯衫。」

參觀完房子後，我們本打算去看看庭院場地和游泳池，還有水上滑艇和仲夏的鮮花，但是蓋茨比的窗戶外面又開始下起雨來，因此我們就站成一排，遙望海灣泛起波紋的水面。

「要不是有薄霧，我們就看得見你在海灣對面的家了，」蓋茨比說，「在你家碼頭的盡頭，一直都有一盞徹夜不滅的綠燈。」

黛西突然伸手去挽住他的手臂，但他似乎還沉浸在自己剛才說的話之中。很可能他想到那盞燈無限重要的意義現在又永遠消失了。跟那把他和黛西分開的遙遠距離相比，那盞燈似乎曾經離她很近，它曾經就像一顆星星離月亮一樣近。現在，它又成了碼頭上的一盞綠燈。對他來說，被施了魔力的物品已經減少了一件。

我開始在房間裡漫步，在朦朧中探究形形色色的模糊物體。一張大照片吸引了我，照片上是一個上了年紀的男人，穿著遊艇服，這張照片就掛在他的書桌前面的牆上。

「這是誰？」

「那個人嗎？老夥計，那是丹・科迪先生。」

這個名字聽起來有點耳熟。

「現在他已經去世了。多年前，他曾經是我最好的朋友。」

衣櫃上有一張蓋茨比的小照片，他也穿著遊艇服，挑釁地昂著頭，顯然那是他在十八歲時拍的。

「我喜歡這張照片！」黛西驚呼起來，「喜歡這種龐畢度頭！你從來沒告訴我你留過龐畢度頭——也沒說過你有遊艇。」

「看看這個，」蓋茨比迅速說道：「這裡有很多剪報，都是關於你的。」

他們並肩佇立著，仔細看著那些剪報。我正打算要求看看那些紅寶石，電話就突然響了起來，蓋茨比拿起聽筒。

「是的……呃，我現在不方便談……老夥計，我現在不方便談……我是說一個『小鎮』……他肯定知道小鎮是什麼……好了，如果他認為底特律是小鎮，那他就對我們沒什麼用處了……」

他掛上電話。

「趕快到這裡來看！」黛西在窗口前叫喊。

雨還在下著，但西邊天空上的烏雲已經飄散，海灣上空，翻湧著泡沫般的金色和粉紅色雲朵。

「看看那雲朵，」她低語，過了片刻又說：「我真想採一朵那粉紅色的雲朵，把你放在上面推來推去。」

接著我就想告辭了，可是他們根本就不想讓我離開，也許我在場，才會使他們更加心滿意足地感到獨一無二。

「我知道我們要幹什麼了，」蓋茨比說：「我們會讓克利普斯普林格彈鋼琴。」

他大喊著「艾文」走出房間，過了幾分鐘才帶著一個尷尬而略顯憔悴的年輕人回來，那人架著一副玳瑁眼鏡，頭上的金髮稀稀疏疏。此刻他端端正正地穿著一件敞領運動衫、一雙運動鞋和色調模糊的帆布褲。

「我們剛才打擾你運動了嗎？」黛西十分有禮地問道。

「我那時睡著了，」在一陣尷尬之中，克利普斯普林格先生脫口說道，「我是說，我那時已經睡著了。然後我起床……」

「克利普斯普林格會彈鋼琴，」蓋茨比打斷他，「艾文，對吧，老夥計？」

「我彈得不好。我沒……我幾乎根本沒彈。我好久都沒有練……」

「我們到樓下去吧。」蓋茨比打斷他。他輕輕按了一個開關。灰暗的窗戶都消失了，整個房子完全明亮起來。

音樂廳裡，蓋茨比擰亮鋼琴邊的一盞孤燈。他顫抖著劃燃火柴，給黛西點上香菸，然後，在房間那邊遠遠的沙發上，他和她坐下來，那裡很暗，只有從走廊上反射進來的一點微光落在地板上。

克利普斯普林格彈完了〈愛巢〉，在琴凳上轉過身來，在幽暗中不愉快地尋找蓋茨比。

「你看，我好久都沒有練了。我告訴過你我沒法彈，我好久都沒有練……」

「老夥計，別說那麼多了，」蓋茨比命令似的說道：「彈吧！」

在早晨，

在晚上，

我們不都開心心……

外面，呼呼的風聲正急，沿著海灣，傳來一陣隱隱的雷聲。現在西卵的所有燈都正在亮起，電氣化列車滿載著乘客，在雨中從紐約飛馳回家。這是人類發生深刻變化的時刻，激動的情緒正盈滿空氣。

只有一事千真萬確，
富人會生財，窮人會生——孩子。
與此同時，
在此之間……

我走過去告別的時候，我看見那種困惑的表情又回到了蓋茨比的臉上，彷彿他有點懷疑自己眼下這種幸福的真偽。差不多五年了！即使是在那天下午，也肯定有過一些時刻，黛西沒有達到他夢想中的樣子——倒不是她的錯，而是因為他把她幻想得太美好了。那種幻想超越了黛西，超越了一切。他帶著一種創造性的激情讓自己投入進去，一直為它增添內容，用朝他飄來的每一片絢爛的羽毛裝飾它。再多的火焰和激情，都比不上一個男人貯存在他內心深處的情感。

當我觀察他的時候，他讓自己略略調整了一下。他抓住她的手，當她在他的耳邊悄悄說出什麼話，他就情感衝動地轉身面對著她。我覺得，最令他著迷的是她那起伏有致、狂熱溫暖的嗓音，因為這樣的嗓音是他怎麼夢想也想不到的——那個嗓音是一曲不死之歌。

他們倆已然忘記了我，但黛西抬頭瞥了一眼，伸出手來，而蓋茨比根本就不認識我了。我再次看了看他們倆，他們也遠遠地看了看我，沉浸在強烈的情感之中。然後，我走出房間，走下那大理石臺階，走進雨中，把他們倆留在那裡。

第六章

大約在這段時間的一天早上，一個雄心勃勃的年輕記者從紐約來到蓋茨比的門前，問他是否有話要說。

「你要我說什麼話呢？」蓋茨比彬彬有禮地問道。

「哎呀，任何聲明都可以。」

在困惑了五分鐘後才弄清楚，原來此君在報社辦公室聽人提到了蓋茨比的名字，但他卻不肯透露那些談論跟蓋茨比有什麼關係，要不然就是他完全沒弄明白。這天他恰好休假，便匆匆跑出來「看看」，其積極主動的精神可嘉。

這不過是碰運氣罷了，然而這位記者的直覺是正確的。千百個人在他家裡接受了款待，因此那些人就廣為傳播，而且搖身一變，成了披露他往昔生活的權威，在這個夏天，蓋茨比的名聲與日俱增，就差點成為新聞人物了。當時的傳聞眾說紛紜，諸如「通往加拿大的地下管道」之類的事情都牽扯到了他的身上，而且還有一個經久不散的謊言，說他根本就沒有住在房子裡面，而是住在一艘船上，那艘船看起來就像房子，祕密地沿著長島的海岸來來往往。至於北達科他州的詹姆斯．蓋茨為何從這些捏造的謊言中得到滿足，卻並不容易說明。

詹姆斯．蓋茨——那是他的真名，至少是法定姓名。他早在十七歲那年、他目睹自己生涯開端出現的那刻就改名了——他看見了丹．科迪的遊艇在蘇必略湖最險惡的淺灘上拋了錨。那天下午，正是這個詹姆斯．蓋茨穿著破舊的運動衫和帆布褲，沿著湖岸的沙灘遊蕩，可是，當他借來一艘划艇，一路朝著「托洛美號」划去通知科迪，說半小時後可能會刮起大風讓他船翻人亡的時候，他就已經成了傑伊．蓋茨比。

我猜想，即便是在那時，他也早就準備好換成這個名字。他的父母務農，一生碌碌無為，在他的想像中，他從來就沒有把他們當作父母。而真實的情況是，長島西卵的傑伊．蓋茨比出自於他對自己的柏拉圖式理念。他是天之驕子——如果這個成語有任何意義的話，那麼它就是字面意思——他必須聽從他的天父的召喚，投身於一種巨大、庸俗、浮華之美。因此他虛構的那種蓋茨比，恰恰是一個十七歲少年可能虛構的，他始終不渝地忠實於這個概念。

一年多來，他沿著蘇必略湖的南岸往來奔波，不是挖蛤蜊，就是捕鮭魚，只要能賺到可供自己食宿的費用，就去幹任何力所能及的雜活。在那些令人鼓舞的日子裡，透過時緊時鬆的工作，他那不斷健壯起來的棕色身體生活得很自然，他早就跟女人發生了關係，而因為那些女人都寵愛他，他倒還瞧不起她們，瞧不起年輕的處女，因為她們愚昧無知，他也瞧不起其他女人，因為她們對一些事情歇斯底里，而他沉湎於自己那種無法抗拒的自私自利，因此他認為那些事情都是理所當然的。

但是，他的內心卻長期處於激盪不安的騷動中。夜裡躺在床上，那些最離奇古怪的幻想就紛至遝來，縈繞不去。當座鐘在臉盆架上滴答作響，當月亮用溼漉漉的光芒浸透了他亂糟糟地扔在地板上的衣服，一個難以形容的華美的宇宙就在他的腦海裡編織成型。每一夜，他都要給自己幻想的圖案添枝加葉，直到睡意展開忘卻的擁抱降臨到某個栩栩如生的場面上，讓他得以進入夢鄉。有一段時間，這些遐想為他的想像力提供了宣洩的管道，令人滿足地暗示了現實並非就是真實，並且向他承諾：世界的磐石牢牢地建立在仙女的翅膀上。

幾個月前，一種追求遠大前程的本能引導他前往明尼蘇達南部，進入聖奧拉夫學院。在那個小小的路德派學院，他只待了兩個星期，因為學院對他命運的呼喚極度冷漠，也因為命運本身，他感到沮喪，鄙視他為賺錢來交學費而做的那些鄙事。然後，他又飄然回到蘇必略湖，當丹．科迪的遊艇在沿岸的淺灘上拋錨的那一天，他依然在尋找點什麼差事來做。

那時科迪已經五十歲了，自從一八七五年以來，他就開始在內華達州挖銀礦、在育空地區淘金，每一場淘金熱都有他的身影。在蒙大拿州做銅礦生意，使得他大發橫財，賺到了好幾百萬，結果儘管他身體還健壯，腦子卻沒有那麼靈光了。無數女人都察覺了這一點，便千方百計想捲走他的錢，其中最成功的莫過於艾拉．凱，這個女記者抓住了他的弱點，扮演了曼特農夫人[1]的角色，慫恿他乘著遊艇出海，她所玩弄的那些不太體面的手腕，成了一九〇二年一些喜歡浮誇的報章雜誌爭相披露的新聞。科迪沿著那些居民殷勤友好的海岸航行了五年之後，才猶如詹姆斯．蓋茨的命運之神一樣，出現在這個少女灣。

年輕的蓋茨倚靠在船槳上，仰望那圍有欄杆的甲板，對他來說，遊艇代表了世界上所有的美和魅力。我猜想他當時對著科迪微笑——或許他早已經發現自己微笑的時候，人家都很喜歡他。總之，科迪向他提了一些問題（其中一個問題就引出了這個全新的名字），發現他頭腦敏捷且雄心勃勃。幾天之後，科迪就把他帶到了德盧斯[2]，給他買了一件藍色的水手服、六條白帆布褲子和一頂遊艇帽。當「托洛美號」起程前往西印度群島和巴巴里海岸的時候，蓋茨比也隨之離開了那裡。

1. 十七世紀法國國王路易十四的情婦，後來兩人祕密成婚。
2. 美國明尼蘇達州東北部城市，位於蘇必略湖畔。

他被雇用為定義不太明確的私人助理。他待在科迪身邊的時候，先後當過乘務員、大副、船長、祕書，甚至還當過獄卒，因為丹．科迪清醒時，知道自己酩酊大醉時可能會幹出揮金如土的傻事，為了防止此類意外事件發生，他越來越信任蓋茨比。這種工作安排持續了五年，在此期間，那艘遊艇三次環繞美洲大陸航行。要不是有一天晚上艾拉．凱在波士頓上了船、一個星期之後丹．科迪就淒涼地去世了，這樣的事情還會無限期地持續下去。

我記得掛在蓋茨比臥室裡的那張照片，一個頭髮花白、臉色紅潤的人，一張冷酷無情、空空蕩蕩的臉——放縱於酒色的開拓者，在美國生活的某個階段，這樣的人把邊疆妓院和酒館中的野蠻暴力帶回了東部沿海地區。蓋茨比幾乎不喝酒，這要歸功於科迪。有時候，在歡樂的聚會上，女人常會把香檳揉進他的頭髮，而他本人卻養成了不沾酒的習慣。

他從科迪那裡繼承了錢——一筆兩萬五千美元的遺產。他並未得到這筆錢。他從來不明白別人用來對付他的那些法律手段，而剩下來的千百萬美元全都落入了艾拉．凱的口袋。留給他的，只有他那異常恰當的教育了，傑伊．蓋茨比原本模糊的輪廓，已經充實為一個有血有肉的人了。

這一切都是他在很久以後才告訴我的，可是我在這裡記錄下來，是為了推翻最初那些關於他的身世的瘋狂謠言，那完全是捕風捉影。再者，他是在一個混亂的時刻告訴我的，當時關於他的一切，我將信將疑。因此，我利用這個短暫的停頓，可以說是趁著蓋茨比喘口氣的時機，來清除這一連串誤解。

在我和他交往、瞭解他的經歷的過程中，這也是一次停頓。有好幾個星期，我既沒跟他見面，也沒在電話裡聽到他的聲音。我多半待在紐約，跟喬丹一起東奔西跑，極力去討好她那位老邁的姑媽。但是，終於在一個星期天下午，我還是到他家裡去了。我進門還不到兩分鐘，就有人帶著湯姆．布坎南進來討酒喝。我自然是大吃一驚，然而，真正令人驚訝的事情，就是以前沒發生過這種事情。

他們一行三人騎馬而來——湯姆和一個叫作斯隆的男人，還有一個穿著棕色騎裝的漂亮女人，她以前來過這裡。

「我很高興見到你們，」蓋茨比站在門廊上說，「我很高興你們能光臨寒舍。」

彷彿他們很在意似的！

「坐吧。請抽支香菸或者雪茄。」他在房間裡迅速走來走去，按鈴叫人來服務，「我馬上就讓人送點喝的東西過來。」

湯姆到來這件事，使他深受震動。但不管怎樣，他都會感到不安，直到他款待他們一點東西，隱約地意識到他們就是為了接受款待而來，他才會安心下來。斯隆先生什麼也沒要。來一杯檸檬水吧？不要，謝謝。來點香檳？什麼都不要，謝謝了……很抱歉……

「你們一路騎來還愉快嗎？」

「這附近的路都很好。」

「我想汽車……」

「是啊。」

由於無法抗拒的衝動，蓋茨比轉身面對剛才見面時介紹為陌生人的湯姆。

「布坎南先生，我相信我們在什麼地方見過面。」

「哦，是的，」湯姆粗啞而彬彬有禮地說，但他顯然不記得了，「我們是見過。我記得很清楚呢。」

「大約兩個星期前。」

「那就對了。你當時跟尼克在一起。」

「我認識你妻子。」蓋茨比繼續說，幾乎有些挑釁。

「是嗎？」

湯姆轉身面對著我。

「尼克，你就住在這附近吧？」

「就住在隔壁。」

「真的嗎？」

斯隆先生沒有跟著聊，卻懶洋洋而又傲慢地後靠在椅子上，那個女人也沒說什麼，直到喝了兩杯薑汁威士忌之後，才突然出人意料地興奮了起來。

「蓋茨比先生，你舉辦下一次晚宴時，我們都過來參加，」她提議，「你意下如何？」

「那當然好啊。你們能光臨，我可是不勝榮幸啊。」

「那很好，」斯隆先生毫不感謝地說，「呃——我想應該準備回家了。」

「請別急著走啊，」蓋茨比挽留他們，現在他控制住了情緒，想多看看湯姆，「你們何不——你們何不留下來吃晚飯呢？說不定還會有其他人從紐約來訪呢。」

「你們到我家裡來吃晚飯吧，」那位女士熱情地說，「你們倆都來。」這也包括我。斯隆先生站了起來。

「我是說真的，」她堅持說，「我喜歡款待你們，我家的空間夠大了。」蓋茨比疑惑地看著我。他想去，他沒看出來斯隆先生打定了主意不想讓他去。

「我恐怕不能奉陪。」我說。

「那麼你就來吧。」她催促道，把注意力集中在蓋茨比身上。

斯隆先生湊近她的耳朵嘀咕了一聲。

「如果現在動身，我們就不會太晚。」她大聲堅持說。

「我沒有馬，」蓋茨比說，「我服役時常常騎馬，但我從來沒買過馬。我得開車跟著你們。對不起，我一會兒就來。」

我們其餘的人走到外面的門廊上，斯隆先生和那位女士站在一邊，開始激烈地爭論起來。

「天哪，我相信這傢伙真的要來，」湯姆說，「難道他就不知道她不是真的想要他去嗎？」

「她不是說想要他去嘛。」

「她要舉行一場盛大的晚宴，而他在那裡一個人也不認識。」他皺了皺眉頭，「我真納悶，他究竟是在哪裡遇到黛西的。天啊，我的思想可能保守過時了，但這年頭，女人到處亂跑，讓我很不習慣。她們會遇上形形色色的怪物呢。」

突然，斯隆先生和那位女士走下臺階，翻身上馬。

「趕快走，」斯隆先生對湯姆說：「我們已經晚了，得走了。」然後對我說：「告訴他說我們等不及了，行嗎？」

湯姆和我握了握手，我們剩餘的人彼此冷冷地點頭示意，接著他們就騎馬沿著車道一路小跑而去，消失在八月的葉簇下面，而就在此時，蓋茨比拿著帽子和薄大衣，從前門出來。

黛西單獨到處亂跑，湯姆顯然深感不安，因為在下一個星期六晚上，他和她一起參加了蓋茨比的派對。也許他的出現，給那場派對帶來了一種特殊的壓抑感——在那年夏天蓋茨比舉辦的多次派對中，這一次在我的記憶裡栩栩如生。同樣還是那些人，或至少是同一類人，同樣揮霍的香檳，同樣五顏六色、各種音調的喧鬧，可是我在空氣中感到了一種令人不愉快的氣氛，彌漫著一種以前不曾有過的難受感。或許我不過是漸漸習慣了這樣的氛圍，習慣於把西卵看作一個本質上獨立完整的世界，它有著自己的標準和偉人，不遜於其他一切，因為它沒有意識到自己遜色，而現在我透過黛西的眼睛來重新看待它。要透過新的眼睛來看待那些事物、那些你大費周章才得以適應的事物，總是讓人悲哀。

他們在暮色中到達，當我們漫步走進好幾百位珠光寶氣的來客中，黛西的嗓音在她的喉嚨裡玩弄著喃喃的詭計。

「這些東西讓我多興奮啊，」她低語，「尼克，如果你今晚想吻我，隨時告訴我一聲好了，我會樂意為你安排的。只要提起我的名字。或者出示一張綠色的卡片。我正在散發綠……」

「到處看看吧。」蓋茨比提議。

「我正在到處看呢。我正在度過一場奇妙的……」

「你肯定看到很多你久聞大名的人物的面孔。」

湯姆傲慢的眼神流覽了一番。

「我們不怎麼閒逛，」他說，「實際上，我正覺得我在這裡一個人都不認識呢。」

「也許你認識那位女士。」蓋茨比指著一位華麗而幾乎如花似玉的女人，她莊重地坐在一棵白梅樹下。湯姆和黛西目不轉睛地盯著看，認出了那是一位向來只出現在銀幕上的大明星，幾乎不敢相信這是真的。

「她很漂亮。」黛西說。

「那個對著她彎下身子的男人就是她的導演。」

他隆重地帶著他們從一群人走向另一群人，如此介紹：

「布坎南夫人……和布坎南先生……」遲疑片刻之後，他又補充道，「馬球運動員。」

「哦，不是的，」湯姆趕忙否認，「我不是。」

可是，這一稱謂顯然讓蓋茨比感到愉快，因為在當晚後來的時間裡，湯姆都保持著「馬球運動員」的身分。

「我可從來沒見過這麼多名人！」黛西驚呼，「我喜歡那個男人，他姓甚名誰？就是鼻子有點青紫的那個。」

蓋茨比確定了他的身分，又補充說他是一個小製片人。

「呃，總之我喜歡他。」

「我寧願自己不是馬球運動員，」湯姆愜意地說：「我寧願用默默無聞的身分來看著所有這些名人。」

黛西和蓋茨比跳起了舞。我記得，看到他跳起優雅而保守的狐步舞時，我大為驚訝——我以前從未見過他跳舞。然後，他們倆就漫步到我的房子，在臺階上坐了半個小時，同時，她請求我留在花園裡幫她看著。「以防起火或者發大水，」她解釋說：「或者發生什麼不可抗拒的天災。」

我們坐下來一起吃晚飯的時候，被遺忘的湯姆出現了，「你們介意我跟那邊的一些人吃飯嗎？」他說：「有個傢伙正在大講滑稽好笑的事情呢。」

「去吧，」黛西和藹地回答，「如果你想記下任何地址，這是我的金色小鉛筆……」過了一會兒，她四處張望，告訴我說那個女孩「庸俗但漂亮」，我明白了，除了跟蓋茨比獨處的那半個小時，她玩得並不開心。

我們這桌人喝得酩酊大醉。這都怪我——蓋茨比被人叫去接聽電話了，僅僅在兩個星期以前，我還覺得同樣這些人很有樂趣。但是，那時讓我開心的事情，現在卻變得索然無味。

「貝德克爾小姐，你還好吧？」

我問候的那個少女正試圖倒在我的肩上，卻沒成功。聽到這一聲問候，她端坐起來，睜開了眼睛。

「什麼？」

一個睏倦的大塊頭女人，本來一直在慫恿黛西明天跟她一起到本地俱樂部去打高爾夫球，此時為貝德克爾小姐辯護：

「哦，她現在很好。她喝了五、六杯雞尾酒之後，就總是開始那樣尖叫。我告訴她不該喝酒。」

「我是不喝酒的。」那個受到指責的人心虛地聲明。

「我們聽到了你大聲嚷嚷，就對西維特醫生說：『醫生，有人需要你的協助。』」

「我肯定，她很感謝，」另一位朋友毫無感激之心地說：「可是當你把她的頭按進水池時，你把她的洋裝全都打溼了。」

「我最恨的就是把我的頭按進水池，」貝德克爾小姐咕噥，「有一次在紐澤西，他們就差點把我給淹死了。」

「那你就不該喝酒呀。」西維特醫生反駁道。

「你就為自己辯護吧！」貝德克爾小姐猛叫了一聲，「你的手都在顫抖。我才不會讓你幫我動手術呢！」

情況就是這樣。我幾乎還記得的最後一件事，就是我和黛西站在一起，觀察那位電影導演和他的影星。他們還在那棵白梅樹下，他們的臉快要貼到一起了，其間只隔著一縷淡淡的月光。我想起整個晚上，他都一直在朝她非常緩慢地俯身，從而獲得這種親近，即便是我觀察的時候，我也看見他彎下腰，合攏了最後一點距離，靠近了她，親吻她的面頰。

「我喜歡她，」黛西說：「我覺得她很漂亮。」

但是，其餘的事情都讓她不愉快——而且無可爭辯，因為這不是故做姿態，而是一種感受。西卵讓她驚恐，這個史無前例的「勝地」，由百老匯強加給長島的一個漁村，她驚恐於那在老套的委婉辭令下蠢蠢欲動的原始活力，驚恐於那沿著捷徑把它的居民從虛無驅趕到虛無的過於突兀的命運。正是在這種她無法理解的簡樸之中，她看到了某種可怕的東西。

他們等著小車開來的時候，我和他們一起坐在前面的臺階上。前面很暗，只有那道明亮的門發出十平方英尺的光，射進柔和而黑暗的早晨。有時候，一個影子在上面化妝室的百葉窗上移動，給另一個影子讓路，一隊模糊的影子，在一面無形的鏡子中塗脂抹粉。

「這個蓋茨比究竟是何方神聖？」湯姆突然問，「難道是個大私酒販子？」

「你從哪裡聽來的？」我追問。

「我沒道聽塗説。我想像的吧。你要知道，很多新暴發戶都是大私酒販子。」

「蓋茨比可不是那樣的人。」我馬上説。

他沉默了片刻。車道上的鵝卵石在他的腳下嘎吱作響。

「呃，他肯定是大費周章才把這些三教九流網羅到了一起。」

一陣微風拂動了黛西的皮領上的灰毛。

「至少他們比我們認識的人有趣。」她有些勉強地說。

「你似乎並不那麼感興趣。」

「呃，我很感興趣。」

湯姆笑了起來，掉頭轉向我。

「那個少女要求黛西給她沖個冷水澡的時候，你注意到黛西的臉色沒有？」

黛西開始低聲唱起歌來，那聲音沙啞而富有節奏，在每個詞裡都唱出了一種空前絕後的意義。旋律升高的時候，她的嗓音就隨之美妙地分散開來，這正是女低音所展現的方式，每一次的變化都在空氣中散發一點魔力，她那溫暖而富於人性的魔力。

「很多來的客人都沒有受到邀請，」她突然說，「那個女孩就是不請自來的。他們闖進來就是了，而他又太過有禮，不好意思拒絕。」

「我想知道他究竟是何方神聖、做什麼職業，」湯姆堅持說，「我想我要努力去查清楚。」

「我馬上就可以告訴你，」她回答，「他擁有一些藥店，很多藥店。他親手創辦了那些藥店。」

那輛豪華轎車沿著車道慢吞吞地開了上來。

「尼克，晚安。」黛西說。

她掃視的目光離開了我，尋找那光芒照亮的臺階頂端，在那裡，那一年優雅而哀婉的小華爾滋舞曲〈凌晨三點〉從敞開的門裡飄散出來。畢竟，正是在蓋茨比的派對的那種不經意之中，才存在著這樣浪漫的可能性：她的世界是一片空白。那支歌曲裡似乎有什麼東西在召喚她回到裡面？如今，在這些難以預知的幽暗時刻會發生什麼事呢？也許，一位令人難以置信的客人會光臨，一個世所罕見、令人驚奇的人，某個真正光彩照人的妙齡女子，只要她朝蓋茨比掃上一眼，那魔幻般相遇的一刻，就會把這五年來忠貞不渝的愛情統統抹去。

那一夜我待到很晚。蓋茨比要我等到他能夠脫身時才離開，於是我就在花園中流連、閒逛，一直等到那群慣於下水、寒冷而興奮的泳客從黑暗的海灘跑上來，一直等到頭上客房裡的燈光都熄滅了。當他終於從臺階上走下來，那曬黑的皮膚在他的臉上不同尋常地繃得更緊，他的目光明亮而倦怠。

「她不喜歡這場派對。」他立即說道。

「她當然喜歡了。」

「她不喜歡，」他堅持說：「她玩得不開心。」

他沉默了，我猜測他難以訴說的沮喪。

「我感覺離她很遠，」他說：「很難使她理解。」

「你是說跳舞的事吧？」

「跳舞？」他打了一個響指，把他以前跳過的舞一掃而光，「老夥計，跳舞並不重要。」

他希望黛西去做的事，無非是她去對湯姆說：「我從來沒有愛過你。」在她用那句話抹去那三年之後，他們就可以採取更實際的方法了。其中之一就是，等她獲得自由之後，他們就要回到路易斯維爾，從她家裡出發去教堂結婚——彷彿就像五年前那樣。

「她並不理解，」他說，「她曾經可以理解。我們會一起坐上好幾個小時……」

他突然止住了話語，開始在一條落滿果皮、丟棄的紀念品和殘花的小徑上走來走去。

「要是我，我就不會對她有太多要求，」我小心地說：「你不能回到從前。」

「不能回到從前？」他質疑地大聲嚷嚷，「當然可以回去的！」

他狂亂地四處張望，彷彿從前就潛伏在這裡，潛伏在他房子的陰影中，就在他伸手而又不可及之處。

「我要把一切都安排得跟從前一模一樣，」他一邊說，一邊毅然決然地點頭，「她會看到的。」

他滔滔不絕講起從前的往事，我歸納起來，覺得他是希望找回某個東西，也許是和那個轉為愛上黛西的他自己有關的想法。從那時起，他的生活就一直困惑、混亂不堪，但如果他一旦能回到某個出發點，把一切都慢慢重溫一遍，那麼他就能發現那東西究竟是什麼了……

……五年前的一個秋夜，落葉飄零的時候，他們沿街漫步，走到一個沒有樹、月光把人行道照得一派潔白的地方。他們停了下來，轉身面對面站著。

現在，這是一個涼爽的夜晚，洋溢著那種在一年兩度變化之際來臨的神祕的悸動。房子裡，靜悄悄的燈光對著外面的黑暗輕輕哼唱，群星中間有騷動和喧鬧。蓋茨比從眼角看到，一段段人行道實際上構成了一把梯子，通往樹冠上空的一個祕密去處——如果他獨自攀爬，就可以爬到那上面去，一旦到了那裡，他就可以吮吸生命的乳頭，吞下無與倫比的神奇乳汁。

當黛西白皙的臉貼到他的臉上，他的心就跳得越來越快。他知道，一旦他吻了這個女孩，把他那難以言說的幻景和她那短暫易逝的氣息永遠結合在一起，他的思維就再也不會像上帝的思維那樣輕快活潑了。因此他等待，又聆聽了一陣那敲擊在星星上的音叉。然後他吻了她。他的唇一碰，她便為他像花朵一般綻放，這種化身就完成了。

透過他所說的一切，甚至透過他那令人震驚的多愁善感，我想起了什麼——一種難以捉摸的節奏、一個丟失的話語片段，很久以前我在什麼地方聽到過。片刻間，一個短句試圖從我嘴裡湧出來，我的嘴巴就像啞巴的嘴巴那樣張開，彷彿除了一縷受驚的空氣，還有更多的東西在嘴唇上掙扎著湧出來。但是，嘴唇發不出聲音，我幾乎想起的東西也就永遠無法傳達出來了。

第七章

正當大家對蓋茨比的好奇心到達了頂點，在一個星期六晚上，他的別墅沒有亮燈——他作為特里瑪律喬[1]的生涯，就像當初莫名其妙地開始，又這樣莫名其妙地結束了。我只是逐漸才意識到那些汽車滿懷期待拐進他的車道，停留了一分鐘就掃興地開走了。我疑惑他是不是生病了，便過去看看——一個面目猙獰的陌生管家滿腹狐疑，從門裡面斜眼看著我。

1. 公元一世紀古羅馬作家佩特洛尼烏斯的長篇諷刺小說《薩蒂利孔》中大宴賓客的暴發戶。

「蓋茨比先生病了嗎？」

「沒病。」他停頓了一會兒，才慢吞吞地、極不情願地加上了一句「先生」。

「我好久都沒看見他了，因此很擔心。請告訴他說卡拉韋先生來過。」

「誰？」他粗魯地問。

「卡拉韋。」

「卡拉韋。好吧，我會告訴他的。」

他猛然砰地關上門。

我的芬蘭女傭告訴我，一個星期前，蓋茨比辭退了別墅裡的所有僕人，另外雇用了五、六個來取而代之，這些人從不會去西卵村接受那些店商的賄賂，而是打電話訂購適當的日用品。據雜貨店送貨的夥計透露，蓋茨比的廚房看起來就像豬圈，村民都認為，這些新來的人根本就不是僕人。

第二天，蓋茨比給我打來電話。

「要出門嗎？」

「老夥計，不出門。」

「我聽說你把所有僕人都辭退了呢。」

「我需要的是不會講閒話的人。黛西下午經常會來。」

原來是因為黛西看不慣，因此這座大旅店整個就像紙牌屋一樣坍塌了。

「他們是沃爾夫希姆想用來做事的人。他們都是兄弟姐妹，曾經開過一家小旅館。」

「我明白了。」

他是應黛西的請求打電話過來的，問我明天是否願意到她家裡吃午飯，貝克小姐也會在那裡。半小時後，黛西就親自打電話過來了，她似乎因為我答應了去共進午餐而感到欣慰。肯定是有什麼事情。然而，我無法相信他們竟然會選擇這樣的場合來攤牌——尤其是要演繹蓋茨比在花園裡概述過的那種相當令人痛心的場景。

第二天熱得要命，幾乎是夏天的最後一天，當然也是最熱的一天。當我搭的火車從隧道中出現在陽光下，只有全國餅乾公司那緊迫的汽笛聲響起，打破正午悶熱的寂靜。車廂裡，草編座位滾燙得快要燃燒起來，我旁邊的一個女人起初任由汗水滲透了自己的白襯衫，還保持矜持和優雅，但接著，她拿著的報紙也被從她手指上淌下的汗水打溼，她哀歎了一聲，絕望地坐在酷熱中。她的錢包啪的一聲掉到了地板上。

「天哪！」她氣喘吁吁地說。

我懶洋洋地彎腰將錢包拾起來，遠遠地伸過手去遞還給她，捏著那錢包的一角，表示我不想染指這個錢包，可是附近的每一個人，包括那個女人，都還是懷疑我有非分之想。

「真熱啊！」查票員對面熟的老乘客說：「真是熱爆了！……熱！……熱！……熱！……你覺得夠熱嗎？熱嗎？你覺得……」

他把月票遞還給我的時候，月票上已經留下了他那汗涔涔的黑色指印。在這樣酷熱的天氣中，還有誰會去在乎他親吻過誰的紅唇，誰的頭靠在誰的胸膛，打溼了睡衣口袋呢！

……當蓋茨比和我等在布坎南家的門口，一陣微風吹過房子的門廳，讓一陣電話鈴聲傳入我們的耳朵。

「主人的屍體？」管家朝著話筒大聲咆哮，「夫人，對不起，我們不能提供——今天中午太熱了，根本沒法去碰！」

他其實要說的就是：「是的……是的……我看看吧。」

他放下話筒，朝我們走來，汗珠微微閃爍，伸手接過我們的硬草帽。

「夫人在客廳裡等著你們呢！」他大聲嚷嚷，毫無必要地指了指方向。在這樣的大熱天，每一個多餘的手勢都是在浪費生命貯存的能量。

這個房間外面，有嚴嚴實實的遮陽篷，因此幽暗而涼爽。黛西和喬丹躺在一張巨大的沙發上，就像是銀色的偶像，她們壓住自己的白色洋裝，以免被電扇帶來的微風吹起來。

「我們動不了啦。」她倆異口同聲地說。

喬丹棕褐色的手指上搽了一層白粉，把我的手指拉住片刻。

「運動員湯瑪斯[2]．布坎南先生呢？」我問道。

就在同時，我聽見了他的嗓音，粗硬、壓抑、嘶啞，在門廳裡跟人講電話。

蓋茨比站在深紅色的地毯中央，出神地凝視四周。黛西看著他笑了起來，

2. Thomas，即湯姆的正式稱呼；「湯姆」係暱稱。

那笑聲美妙而令人興奮，一陣微微的粉末從她的胸膛上升騰到空中。

「有謠言說，」喬丹低語說，「那是湯姆的情人打來的電話。」

我們都沉默下來。門廳裡的嗓音抬高了，顯得煩惱：「那很好，我根本不會把那輛車賣給你……我對你根本就沒有義務……至於你因為這件事而在午餐時間來打擾我，我根本不會容忍！」

「把電話掛上。」黛西冷嘲熱諷地說。

「不，他不是那樣的，」我向她保證，「真有這樣一筆買賣。我恰巧知道這件事。」

湯姆猛然推門而入，用壯實的身體把門口的空間堵住了片刻，然後就匆匆走進了房間。

「蓋茨比先生！」他伸出他那寬大而扁平的手，把厭惡巧妙地隱藏了起來，「很高興見到你，先生……尼克……」

「給我們來點冷飲吧。」黛西大聲嚷嚷。

他再次離開房間後，黛西就站起來走到蓋茨比前面，捧著他的臉拉下來，親吻他的嘴唇。

「你知道我是愛你的。」她喃喃地說。

「你忘了還有一位女士在場呢。」喬丹說。

黛西故做懷疑地四處看了看。

「你也親吻尼克吧。」

「多麼庸俗、下流的女人啊！」

「我才不在乎呢！」黛西大聲說，開始在磚砌的壁爐前跳起木屐舞來。然後，她想起天氣酷熱，便有些愧疚地坐在沙發上，就在此時，一個穿著剛洗過的衣服的保母牽著一個小女孩走進房間。

「乖乖——寶貝，」她一邊輕聲低吟，一邊張開雙臂，「快到媽媽這裡來，讓我疼疼你。」

保母剛一鬆手，那孩子就從房間那邊跑過來，羞怯地一頭埋進她母親的洋裝。

「乖乖——寶貝，媽媽把粉沾到你黃黃的頭髮上了嗎?站起來，說『您好』。」

蓋茨比和我輪流俯下身子，握了握那隻很不情願的小手。然後，他一直驚奇地看著孩子。我想他以前從不曾相信這個孩子真的存在。

「我在午餐前就打扮好了。」孩子說，熱切地轉向黛西。

「那是因為媽媽想要把你炫耀一番。」她低頭把臉貼到那白皙的小脖子唯一的皺紋上，「你呀，你真是個寶貝，你這個完美的小寶貝啊。」

「是的，」孩子平靜地承認，「喬丹阿姨也穿了一件白色洋裝呢。」

「你喜歡媽媽的朋友嗎？」黛西把她轉過來，因此她就面對著蓋茨比，「你覺得他們漂亮嗎？」

「爸爸在哪裡呀？」

「她長得不像她父親，」黛西解釋說，「她長得像我。她遺傳了我的頭髮和臉型。」

黛西後靠在沙發上。保母向前邁出一步，伸出手去。

「來吧，帕米。」

「再見，寶貝！」

孩子很懂規矩，拉著保母的手，依依不捨地回頭看了一眼，便被保母拉出門去了，而就在此時，湯姆回來了，僕人緊隨其後，端來四杯金利克雞尾酒，冰塊在杯中啐嗒作響。

蓋茨比端起一杯酒。

「這酒看起來的確很涼爽。」他顯得有點緊張地說。

我們貪婪地咕咚咕咚地把酒喝下。

「我在什麼地方讀到過，說是太陽一年比一年熱，」湯姆溫和地說，「似乎地球很快就會掉進太陽裡面去了——等等，要不然恰好相反——太陽一年比一年冷。」

「到外面來吧，」他對蓋茨比提議，「我要讓你看看這個地方。」

我和他們一起走到外面的遊廊上。碧綠的海灣上，海水在酷熱中凝滯了，一片小小的船帆慢慢爬向更清新的海水。蓋茨比看了它一會兒，他舉起手指著海灣對面。

「我就在你正對面呢。」

「是啊。」

我們的目光掠過玫瑰花壇、灼熱的草坪，還有三伏天在沿岸雜草叢生的垃圾堆。在涼爽而蔚藍的天際，那艘小船的白翼緩緩移動。前面，就是扇形的海洋和一座座令人愉快的小島。

「對於你，那就是運動，」湯姆點點頭說，「我想到那外面去，跟他玩上個把小時。」

我們在餐廳吃午飯，那裡也很陰涼，把酷熱擋在外面，我們把緊張的歡樂和著涼涼的淡色啤酒喝了下去。

「今天下午我們幹什麼好呢？」黛西大聲嚷嚷，「還有明天和今後三十年，幹什麼好呢？」

「不要這樣病態嘛，」喬丹說，「到了秋天，天氣涼爽的時候，生活又會重新開始。」

「但現在這麼熱啊，」黛西固執地說，差點就要流淚了，「一切都這麼混亂。我們都進城去吧！」

她的嗓音吃力地穿過暑熱繼續傳來，衝擊著暑熱，把虛無的暑熱塑造出一些形狀。

「我聽說過有人把馬廄改造成車庫，」湯姆對蓋茨比說，「但我是第一個把車庫改造成馬廄的人。」

「誰想進城？」黛西固執地詢問大家。蓋茨比的目光朝她飄過去，「啊，」她大叫起來，「你看起來好酷啊。」

他們的眼神碰到了一起，目不轉睛地盯著對方，旁若無人。經過一番努力，她的目光又回到了餐桌上。

「你看起來始終都那麼酷。」她重複了一句。

她告訴過蓋茨比說自己愛他，現在湯姆．布坎南也看明白了。他大為驚駭，嘴唇微微張開，他先看看蓋茨比，然後又看看黛西，彷彿他剛剛才認出她是自己很久以前就認識的人。

「你就像廣告上的那個人，」她天真地說下去，「你知道廣告上的那個人……」

「好吧，」湯姆迅速插話，「我非常同意進城去。快點，我們都進城去吧。」

他站了起來，目光依然在蓋茨比和他的妻子之間梭巡。大家都沒動。

「快點！」他有些發火了，「這究竟是怎麼啦？如果我們要進城，那就趕快出發吧。」

他的手顫抖著，努力控制自己，把杯中剩下的最後一點淡色啤酒端到唇邊。黛西的嗓音讓我們站起來，走到外面蒸籠一般的沙礫車道上。

「我們就走了嗎？」她並不同意，「就這樣？難道不讓人先抽支菸？」

「午餐的時候，大家就一直都在抽菸。」

「哦，那我們就玩個開心吧，」她懇求他，「天氣太熱了，別為小事生氣。」

他沒回答。

「那就請自便吧，」她說，「喬丹，走吧。」

她們上樓去做準備，我們三個男人則站在那裡，用腳把灼熱的鵝卵石子踢來踢去。一彎銀月已掛在西天。蓋茨比正要說話，卻又改變了主意，但湯姆已經轉過身來面對著他，期待他說話。

「你的馬廄就在這裡？」蓋茨比微笑著問。

「沿著這條路下去，大約走四分之一英里就到了。」

「哦。」

停頓了片刻。

「我真不明白進城去幹什麼，」湯姆粗暴地衝口而出，「女人的腦子裡花樣百出……」

「我們要帶上喝的東西嗎？」黛西從樓上的窗口中大聲嚷嚷。

「我要拿上威士忌。」湯姆回答。他走進屋裡。

蓋茨比死板地轉向我說：

「老夥計，在他家裡，我什麼也不能說。」

「她說話很輕率，」我說，「那嗓音充滿了……」我欲言又止。

「她的嗓音充滿了金錢。」他突然說道。

就是那樣。我以前從來沒明白。充滿了金錢——那就是在她的嗓音裡起伏的無窮魅力，它的叮噹聲響、它的鐃鈸之歌……高高地位於一座白色宮殿裡面，國王的女兒、金色的女人……

湯姆走出房子，用毛巾裹著一瓶容量為一夸脫的酒，黛西和喬丹緊隨其後，她們戴著又小又緊的金屬線織成的帽子，手臂上挽著薄紗披肩。

「我們都坐我的車去吧，好嗎？」蓋茨比提議。他摸了摸曬得滾燙的綠色皮革座椅，「我應該把它停在陰涼處。」

「這輛車是一般的排檔嗎？」

「是的。」

「好吧，你開我的跑車，讓我開你的車進城吧。」

這一建議讓蓋茨比感到不愉快。

「我想我的車沒多少油了。」他並不贊成。

「油多得很，不是嗎？」湯姆吵嚷著說，他看了看油表，「如果油用完了，我可以在雜貨店停下來。這年頭，你在雜貨店什麼都能買到。」

這句顯然不得要領的話說完之後，大家停頓了一會兒。黛西皺著眉頭看著湯姆，而蓋茨比的臉上立即掠過一種很難確定的表情，那表情很陌生，又隱隱約約地似曾相識，彷彿我只是聽別人用話語描述過。

「黛西，快點，」湯姆說，一手把她推向蓋茨比的車，「我要帶你坐這輛馬戲團的大篷車。」

他拉開車門，可是她卻擺脫了他的臂彎，走了出來。

「你帶上尼克和喬丹。我們會坐跑車跟著你的。」

她走近蓋茨比，摸著他的外衣。喬丹、湯姆和我擠進蓋茨比車子的前排座位，湯姆試著推了推那個他不熟悉的排檔，我們一下子就衝進了令人壓抑的酷熱，把他們扔在後面看不見的地方。

「你們看到那種場面沒有？」湯姆問。

「看到什麼？」

他敏銳地看著我，意識到喬丹和我肯定早就知道這件事。

「你們以為我是啞巴，對吧？」他暗示說，「也許我是啞巴，但有的時候，我有一種——幾乎有一種預見力，它告訴我該怎麼辦。也許你們不相信這種預見力，但科學……」

他把車停了一下。眼下的緊急情況壓倒了他，把他從理論的深淵邊緣拉了回來。

「我對這個傢伙做了一番小小的調查，」他繼續說，「我本來可以進一步深入，要是我知道了……」

「你是說你去找過靈媒？」喬丹幽默地詢問。

「什麼？」他困惑地盯著我們，我們大笑起來，「靈媒？」

「去問蓋茨比的底細啊。」

「去問蓋茨比的底細！不，我沒去問。我是說我一直都在對他的過去做小小的調查。」

「結果你發現了他在牛津讀過書吧。」喬丹籠統地說。

「在牛津讀過書！」他表示懷疑，「如果他在牛津讀過書，那真他媽的才怪了！你看他穿著那樣一身粉紅色的西裝。」

「儘管如此，他還是在牛津讀過書啊。」

「新墨西哥州的牛津鎮還差不多，」湯姆輕蔑地說，「或者諸如此類的地方。」

「湯姆，聽我說。如果你這樣自命不凡，那你為什麼還邀請他共進午餐呢？」喬丹氣憤地質問。

「是黛西邀請他的。在我們結婚之前，她就認識他了——天知道在什麼地方認識的！」

此刻，因為喝了那酒性漸漸消退的淡色啤酒，我們都感到有點煩躁，意識到這一點後，我們就默默地行駛了一會兒。然後，沿著道路，T．J．埃克爾伯格醫生那雙褪色的眼睛又進入了視野，我想起蓋茨比對於汽油所剩不多的警告。

「我們的油足夠開到城裡。」他說。

「可是這裡有一家車廠呀，」喬丹並不贊成，「我可不想在這樣的大熱天半路拋錨。」

湯姆不耐煩地緊踩兩下剎車，隨著一陣突然揚起的塵埃，我們滑到威爾遜的招牌下面停下。過了一會兒，那個車廠老闆便從車廠裡面現身了，用深陷的雙眼死死地盯著我們的車。

「給我們加點油吧！」湯姆粗聲叫嚷，「你以為我們停下來幹什麼——難道是欣賞這裡的風景不成？」

「我生病了，」威爾遜一動不動地站著，「我生病一整天了。」

「怎麼啦？」

「我的整個身體都垮掉了。」

「那麼要我親自動手加油不成？」湯姆問，「你在電話裡聽起來還挺好的嘛。」

威爾遜吃力地離開門口的遮陽篷和支柱，呼吸急促，把油箱蓋子的螺絲擰下來。陽光下，他的臉色發青。

「我當時並不是有意打攪你吃午飯的，」他說，「但我急需用錢啊，我想知道你要怎樣處理你的那輛舊車。」

「你覺得這輛車怎麼樣？」湯姆問，「我上週才買的。」

「多麼漂亮的黃色車子。」威爾遜一邊說，一邊緊緊地拉著油泵的把手。

「想買嗎？」

「大好機會呀，」威爾遜微微一笑，「不想買，但另一輛車可以讓我賺點錢。」

「你這麼突然需要錢幹嘛？」

「我在這裡待得太久了。我想離開。我妻子和我都想到西部去。」

「你妻子想去啊！」湯姆吃驚地叫起來。

「她一直說想去，說了十年了。」他靠在油泵上歇了一會兒，把手搭在眼睛上面遮住陽光，「而現在，不管她是否想去，她都得去了。我要讓她離開。」

那輛跑車在我們身邊一閃而過，揚起一陣塵埃，有人在車上揮手，那手勢也一閃而過。

「我該付給你多少錢？」湯姆惡聲惡氣地問。

「就在這兩天，我才發現了一些古怪的事情，」威爾遜說，「所以我才想離開，因此我才會因為那輛車而打攪你。」

「一美元二十美分。」

無情的酷熱開始把我烤得頭昏眼花，我在那裡很不舒服地待了好一陣子，才意識到威爾遜到那時為止還沒有懷疑到湯姆身上。威爾遜發現了默特爾背著他而生活在另一個世界中，這種震驚使得他的身體垮了、生病了。我盯著他，然後又盯著湯姆，而湯姆本人在不到半小時之前也有了類似的發現——我想起不管世人在智力或種族方面有多大的差異，都遠不如在病人和健康人之間的差異。威爾遜病得那麼嚴重，因此看起來就像犯了罪，犯了不可饒恕的罪一樣——彷彿他剛剛讓某個可憐的少女一夜大肚子。

「我會把那輛車賣給你的，」湯姆說，「我明天下午就會把它送過來。」

那個地區始終讓人隱隱不安，即便是在下午陽光的怒射之下也如此，此刻我掉過頭去，彷彿有人警告我背後有什麼東西。在灰燼堆的上方，T．J．埃克爾伯格醫生那雙巨大的眼睛保持著警惕，但過了一會兒我就感到，在不到二十英尺開外，另一雙眼睛帶著特殊的熱情凝視著我們。

在車廠上面的一扇窗戶中，窗簾朝旁邊微微拉開，默特爾·威爾遜正在窺視下面這輛車。她多麼全神貫注，以至於她根本沒有意識到有人也在觀察她，她的臉上流露出一種又一種情感，就像一個個物體在一張照片上慢慢顯影出來。她的表情熟悉得奇怪——我經常在女人的臉上看到這種表情，可是在默特爾·威爾遜的臉上，這種表情似乎毫無目的而且難以解釋，後來我才意識到她那妒火中燒、大睜著的眼睛並不是在盯著湯姆，而是盯著喬丹·貝克，我這才明白了原來她把喬丹當成了湯姆的妻子。

簡單的頭腦一旦混亂，就會混亂得一發不可收拾。當我們驅車離開，湯姆感到了灼熱、驚慌的鞭笞。他的妻子和情婦，一小時之前還那麼可靠而不可侵犯，如今卻正從他的控制之下猛地溜走。本能促使他猛踩油門，企圖達到既趕上黛西又把威爾遜甩在後面的雙重目的。我們以五十英里的時速朝阿斯托里亞一路行駛，直到抵達高架鐵路那蜘蛛網似的鋼梁中間，才看見那輛藍色跑車在前面悠閒地行駛。

「第五十街附近的那些大電影院很涼快，」喬丹提議，「我喜歡夏季午後的紐約，那時大家都離開了，這樣的情形充滿誘惑——簡直是熟透了，彷彿各種奇異的果實都會落到你的手裡。」

「誘惑」一詞影響了湯姆，讓他更加惶惶不安，但是，他還沒來得及提出抗議，那輛跑車就停了下來，黛西招手示意讓我們開上前去停在他們那輛車旁邊。

「我們要去哪裡？」她大聲嚷嚷。

「去看電影如何？」

「這麼熱，」她抱怨說，「那你們去吧。我們先兜兜風，再跟你們會合。」她又努力說出一兩句風趣的話，「我們會在某個角落跟你們會合。我就是那個男人，抽著兩支香菸呢。」

「我們可不能在這裡吵架，」湯姆不耐煩地說，而此時，一輛卡車在我們後面發出了詛咒的喇叭聲，「你們跟我到中央公園南邊去，把車開到廣場飯店前面。」

行駛中，湯姆幾次掉轉頭去看他們的車是否跟了上來，如果繁忙的交通讓他們耽誤了，他就放慢車速，等到他們出現在視野中。我認為他是害怕他們會迅速拐進一條小巷，永遠從他的生活中消失了。

但是，他們並沒有消失。我們都走出了難以解釋的一步——前往廣場飯店，租了一個套房。

那場爭吵拖遝、喧鬧，把我們趕進了那個房間才宣告結束，儘管我在客觀層面上還清楚地記得，在爭吵的過程中，我的內褲就像一條溼漉漉的蛇不斷纏繞著我的雙腿爬上來，斷斷續續的汗珠涼涼地流過我的後背，我也被吵得糊裡糊塗了。黛西率先提出這個主意，她建議我們租五個浴室去泡冷水浴，然後又提出了更實際的形式，即找「一個地方去喝冰鎮薄荷酒」。我們大家一遍又一遍地說那是「瘋狂的想法」——我們都七嘴八舌對一個困惑的旅館員工說話，還認為或者假裝認為自己這樣很有趣……

那個房間很大，但很沉悶，儘管已經是四點鐘了，但一打開窗戶，一陣熱氣便從公園的灌木叢中吹了進來。黛西走到鏡子前，背對我們站著梳理頭髮。

「這個套房很棒。」喬丹滿懷敬意地低語，大家都笑了起來。

「再打開一個窗戶吧。」黛西頭也不回地發號施令。

「再也沒有窗戶了。」

「呃，我們最好打電話要把斧頭算了……」

「我們要做的事情就是忘掉炎熱，」湯姆不耐煩地說道，「這樣吹毛求疵地發牢騷，只會感到十倍的炎熱。」

他把那瓶威士忌從裹著的毛巾裡面拿了出來，放在桌上。

「老夥計，別惹她好不好？」蓋茨比說，「是你想進城來的呀。」

片刻的沉默。掛在釘子上的電話簿突然滑落下去，啪的一聲掉在地板上，喬丹低語了一聲「對不起」——但這次沒有人笑。

「我去撿吧。」我主動說。

「我已經撿起來了。」蓋茨比仔細檢查了那根斷掉的繩子，很感興趣地咕噥著「哼」了一聲，便把電話簿扔在椅子上。

「那是不是你很得意的口頭禪？」湯姆厲聲說道。

「什麼口頭禪？」

「你一口一個『老夥計』，你是從哪裡拾人牙慧的呢？」

「湯姆，現在你給我聽著，」黛西一邊說，一邊從鏡子前轉過身來，「如果你對別人進行人身攻擊，那我就不會在這裡再待一分鐘。打個電話，給冰鎮薄荷酒要一些冰塊來。」

當湯姆拿起電話聽筒，壓抑的暑熱中猛然爆發出了聲音，我們聽著孟德爾頌的〈婚禮進行曲〉不祥的和絃從下面的舞廳傳了上來。

「這麼熱的天，竟然還有人結婚！」喬丹無趣地大聲嚷嚷。

「儘管如此——我是在六月中旬結婚的，」黛西回憶道，「六月的路易斯維爾啊！有人暈倒了。湯姆，暈倒的那個人是誰？」

「比洛克西。」他沒好氣地回答。

「一個叫作『比洛克西』的人。『積木塊』比洛克西，他是做盒子的，真的，而他恰好也是田納西州比洛克西市的人。」

「他們把他抬進我的房子，」喬丹補充了一句，「因為我們家距離教堂就隔著兩戶人家。他一待就是三個星期，直到爸爸叫他必須滾，他才離開。他離開的第二天，爸爸就去世了。」過了一會兒，她又加了一句，彷彿她的話聽起來不夠尊敬，「這兩者之間沒有任何聯繫。」

「我曾經認識一個叫作比爾·比洛克西的人，他是孟菲斯人[3]。」我說道。

「那是他的堂兄弟。他離開之前，我就已經對他的整個家族史瞭若指掌了。他給了我一根鋁製的高爾夫球輕擊棒，我現在還在用呢。」

婚禮開始的時候，音樂就漸漸停止了，此刻，一陣長長的歡呼聲從窗口飄進來，接著是一陣「好啊……好……啊」的叫喊聲，最後突然響起一陣爵士樂，舞會開始了。

「我們都老了，」黛西說，「要是我們還年輕，我們就會起身去跳舞。」

「別忘了比洛克西，」喬丹警告她說，「湯姆，你是在哪裡認識他的？」

「比洛克西？」他努力地凝思，「我不認識他。他是黛西的一個朋友。」

「他才不是我的朋友呢，」她否認，「我以前從來沒有見過他。他是坐你的私家車下來的。」

「呃，他說他認識你呢。他說他是在路易斯維爾長大的。阿薩·伯德在最後一分鐘把他帶來，問我們他是否可以參加。」

3. 美國田納西州西南部一城市，位於密西西比河邊，接近密西西比州邊界。

喬丹微笑了起來。

「他大概正在流浪回家的路上。他告訴我說在耶魯大學的時候，他是你們班的班長。」

湯姆和我都茫然地面面相覷。

「比洛克西？」

「首先，我們根本就沒有班長……」

蓋茨比的腳發出一陣短暫而不安的輕叩聲，湯姆突然看了他一眼。

「蓋茨比先生，順便問問，我聽說你在牛津讀過書。」

「那種說法並不確切。」

「是哦，我聽說你上過牛津呢。」

「是的，我去過那裡。」

片刻的停頓。然後，湯姆的嗓音帶著懷疑和侮辱響了起來：

「你肯定是大約在比洛克西去紐黑文的時候去牛津的吧。」

又是片刻的停頓。一個服務生敲門，端著搗碎的薄荷與冰塊走進來，但他的一聲「謝謝」和輕輕的關門聲也沒打破屋裡的沉默。這個驚人的細節終於就要澄清了。

「我告訴過你我去過那裡。」蓋茨比說。

「我聽見你說了，但我想知道你是什麼時候去的。」

「是一九一九年去的，我只待了五個月。因此我實在不能自稱是牛津畢業生。」

湯姆的目光掃了一下四周，看看我們是否也流露出了他那樣的懷疑。但是我們都看著蓋茨比。

「那是停戰以後，他們為一些軍官提供的機會，」他繼續說，「我們可以去英國或法國的任何大學。」

我想站起來拍拍他的後背。我又重新完全恢復了對他的信任，而這是我以前就體驗過的。

黛西站起身來，莞爾一笑，走到桌子前。

「湯姆，打開威士忌，」她命令道，「我要給你做冰鎮薄荷酒。然後你就不會自認為那麼傻了……看看這薄荷！」

「等一下，」湯姆突然打斷，「我想再請教蓋茨比先生一個問題。」

「請講。」蓋茨比彬彬有禮地說。

「你究竟想在我家裡挑起什麼糾紛？」

他們終於攤牌了，蓋茨比感到很滿足。

「他沒有挑起糾紛，」黛西絕望地看看湯姆，又看看蓋茨比，「你才在挑起糾紛呢。請你自制一點好不好。」

「自制！」湯姆毫不相信地重複了一句，「我猜想，最新情況就是袖手旁觀，任由來歷不明的無名之輩對我的妻子調情示愛。呃，如果是那種想法的話，你們大可以撇開我好了……這年頭，大家都開始嘲笑家庭生活和家庭制度了，接下來，他們就會拋棄一切，讓白人與黑人通婚了。」

他滿臉漲得通紅，激動得胡言亂語，自認為獨自堅守在文明最後的防線上。

「我們這裡都是白人啊。」喬丹喃喃地說。

「我知道我不受歡迎。我不舉辦大型派對。我想在這個現代社會，難道你非得把自己的家弄成豬圈才能結交朋友？」

我也像大家一樣非常生氣，每當他一開口，就引得我要大笑。放蕩不羈的浪子裝得道貌岸然，這一角色的轉換多麼完整。

「老夥計，我也有些事情要告訴你……」蓋茨比開始說話。但黛西猜中了他的用意。

「請不要說話！」她無助地打斷他，「請讓我們都回家去吧。我們為什麼都不回家呢？」

「這個主意好。」我站起來，「湯姆，快點。大家都不想喝酒了。」

「我想知道蓋茨比先生究竟要告訴我什麼。」

「你的妻子不愛你，」蓋茨比說，「她從來就沒愛過你。她愛我。」

「你肯定是瘋了吧！」湯姆禁不住驚叫了起來。

蓋茨比猛地跳起來，激動不已。

「她從來就沒愛過你，聽見了嗎？」他大聲嚷嚷，「她嫁給你，僅僅是因為我貧窮，而且她厭倦了等待我。這是一個可怕的錯誤，但是在她心裡，除了我，她從來就沒愛過任何人！」

在這個節骨眼上，喬丹和我都想離開，但是湯姆和蓋茨比都競相堅持要我們留下——彷彿他們倆隱藏著什麼事情，彷彿間接分享他們的情感也是一種榮幸。

「黛西，坐下。」湯姆的嗓音很失敗地裝出父輩的語氣，「這究竟是怎麼回事？我要洗耳恭聽這一切。」

「我告訴過你是怎麼回事了，」蓋茨比說，「持續五年了，你都還不知道呢。」

湯姆一下子轉向黛西。

「難道五年來，你一直在跟這個傢伙來往？」

「沒來往，」蓋茨比說，「我們無法來往。但是老夥計，我們倆一直彼此相愛，而你並不知道。我有時會大笑——」但是他的眼神中毫無笑意，「因為想到你竟然還不知道。」

「哦——僅此而已。」湯姆像牧師一樣把粗粗的手指合攏，輕輕地敲擊，後靠在椅子上。

「你瘋了吧！」他勃然大怒，「五年前發生的事情，我沒法說，因為我並不知道黛西那時——要是我明白你怎樣進入離她一英里的範圍之內，那我就真他媽的該死，除非你拿著雜貨和食物前往她家的後門。但是其他一切，都他媽的是在撒謊。黛西嫁給了我，她就愛我，她現在也愛我。」

「不對。」蓋茨比一邊說，一邊搖頭。

「可是她確實愛我。問題就在於，有時她滿腦子胡思亂想，而且不知道自己究竟在幹什麼。」他一本正經地點了點頭，「不僅如此，我也愛黛西。偶爾我出去尋歡作樂，欺騙自己，可是我終究會回家，在我心裡，我一直都愛著她。」

「你真噁心。」黛西說。她朝我轉過身來，嗓音降低了一個音階，帶著顫抖的輕蔑充滿房間：「你知道我們為什麼要離開芝加哥嗎？我很驚訝他們沒有跟你們講過他的風流韻事。」

蓋茨比走過去站在她的身邊。

「黛西，那一切現在都結束了，」他認真地說，「那再也沒有什麼關係了。就把真話告訴他吧，告訴他你從來沒有愛過他，那一切都永遠煙消雲散了。」

她茫然地看著他。「哎呀，我怎麼能夠愛他呢，可能嗎？」

「你從來沒愛過他。」

她遲疑不定。她的目光帶著一種請求，落在喬丹和我的身上，彷彿她終於意識到了自己在幹什麼——彷彿她自始至終從來就沒打算幹什麼，但如今已經幹了。為時已晚。

「我從來沒有愛過他。」她說，這句話明顯很勉強。

「在卡皮歐拉尼[4]也沒愛過嗎？」湯姆突然追問。

「沒有。」

從下面的舞廳裡，那壓抑而又令人窒息的和絃隨著陣陣熱浪飄了上來。

「那天我把你從『大酒杯』[5]上抱下來，不讓你的鞋子被水弄溼，你也沒愛過我？」他的語調中有一種嘶啞的溫柔，「……黛西？」

「請別再說了。」儘管她的嗓音很冷漠，但怨恨消失了。她看著蓋茨比。

「好啦，傑伊。」她故作鎮定地說，但在她試圖點燃香菸的時候，她的手卻在顫抖。突然，她把香菸和燃燒的火柴都扔在地毯上。

「你的要求太過分了！」她朝著蓋茨比叫嚷起來，「現在我愛你——這還不夠嗎？過去的事情我無法避免。」她開始無助地啜泣起來，「我曾經愛過他，但我也愛過你。」

蓋茨比的眼睛睜開又閉上。

「你也愛過我？」他重複了一句。

「就連那句話也是謊言，」湯姆惡狠狠地說，「她並不知道你還活著。嗨，黛西和我之間有很多你永遠不會知道的事情，我們倆永遠都不能忘記的事情。」

這些話似乎刺傷了蓋茨比。

「我想跟黛西單獨談談，」他堅持說，「現在她太激動了……」

「即便是單獨談談，我也不能說我從來沒有愛過湯姆呀，」她可憐兮兮地承認，「那樣說不是真話。」

「當然不是真話。」湯姆附和了一句。

她朝她的丈夫轉過身去。

「好像你還很在乎。」她說道。

4. 夏威夷瓦胡島上的公園。
5. 遊艇的名字。

「當然在乎了。從現在起，我要更加照顧你。」

「你還不明白呢，」蓋茨比說，流露出一絲驚慌，「你再也沒有機會照顧她了。」

「我沒有機會了嗎？」湯姆睜大了眼睛，大笑起來。他現在能夠控制自己了，「為什麼呢？」

「黛西要離開你了。」

「一派胡言。」

「可是我要離開你。」她顯然很費力才說出這句話。

「她不會離開我的！」湯姆突然盛氣凌人地對蓋茨比說，「她當然不會為一個下三爛的騙子而離開我，這樣的騙子還得去把戒指偷來戴在她的手指上。」

「我受不了這樣的話！」黛西大聲嚷嚷，「哦，請讓我們出去吧。」

「你究竟是什麼貨色？」湯姆怒吼了一聲，「你不過是邁耶·沃爾夫希姆周圍的那幫傢伙當中的一個——我碰巧瞭解到了很多。我對你的事情做了一番調查，明天我還會去進一步調查的。」

「老夥計，隨你便。」蓋茨比從容地說。

「我查出了你那些『藥店』的底細。」他轉向我們，迅速說道，「他和這個沃爾夫希姆在這裡和芝加哥收購了很多小巷中的藥店，私下出售酒精。那就是他的那些鬼把戲之一。我第一次看到他，就看出了他是個私酒販子，結果我還沒怎麼猜錯吧。」

「那又怎樣呢？」蓋茨比彬彬有禮地說，「我猜你的朋友沃爾特·蔡斯不是也在幹這一行嗎？他可沒覺得丟臉呀。」

「你們不是棄他於不顧嗎？你們讓他在紐澤西那邊鋃鐺入獄了一個月。老天！你真該聽聽沃爾特是怎樣說你們的！」

「他來找我們的時候身無分文。老夥計，他很樂意賺到了一些錢。」

「別叫我『老夥計』！」湯姆大聲嚷嚷。蓋茨比沒回話。「沃爾特本來也可以去告發你們違法賭博的，但是沃爾夫希姆恐嚇他，讓他閉嘴。」

那種不熟悉然而認得出來的表情回到了蓋茨比的臉上。

「那種藥店生意還是小事一樁，」湯姆慢慢地繼續說道，「但現在你們又在搞些什麼鬼名堂，沃爾特根本就不敢告訴我。」

我掃了黛西一眼，她受到了驚嚇，先看看蓋茨比，又看看自己的丈夫，再看看喬丹，而喬丹早就開始在自己的下巴尖上平衡一件無形卻很有趣的東西。然後我轉過身去看看蓋茨比──一看見他的表情，我頓時震驚了。我這樣說，跟他花園中那些甚囂塵上的流言蜚語可是毫不相干的──他看起來彷彿「殺了人」。片刻間，他的臉上浮現出彷彿恨不得殺死湯姆的奇怪表情。

這種神情消失了，他開始激動地對黛西說話，矢口否認這一切，又為那些尚未提出的指控而保護自己的名聲。但是，他每說出一句話，黛西就退得越來越遠，因此他就再也不說話了，隨著下午悄悄溜遠，只有那死去的夢幻還在繼續掙扎，試圖觸及那再也觸摸不到的東西，不幸而又並不絕望地奮力追趕丟失在房間那邊的那個嗓音。

那個嗓音再次懇求要離開。

「湯姆，求求你了！我再也受不了啦。」

她那雙受驚的眼睛表明，無論她曾經有過什麼樣的意圖、什麼樣的勇氣，此刻肯定都煙消雲散了。

「黛西，你們倆回家吧，」湯姆說，「就坐蓋茨比先生的車。」

現在她看著湯姆，驚恐不已，但他卻堅持著這種寬宏大量的蔑視。

「趕快走吧。他不會騷擾你的。我想他已經明白他那小小的放肆調戲結束了。」

他們倆一言不發地離開了，迅速逃離現場，就像一對幽靈那樣偶然、孤單，甚至棄我們的同情於不顧。

過了一會兒，湯姆站起身來，開始把那瓶沒有打開的威士忌用毛巾裹起來。

「喬丹……尼克，想不想喝點這東西？」

我沒回答。

「尼克，喝點嗎？」他又問。

「什麼？」

「想喝點嗎？」

「不想喝……我剛剛才想起今天是我的生日。」

我三十歲了。在我的面前，一條預示著未來十年的凶險之路向前延伸。

當我們跟他坐到那輛跑車上，出發開往長島，已是傍晚七點。一路上，湯姆不停地說話，得意揚揚，放聲大笑，但是，他的嗓音遠離了喬丹和我，遙遠得就像人行道上那些異國腔調的喧鬧，要不然就像頭頂的高架鐵路上隆隆的火車聲。人類的同情心是有限度的，他們悲劇性的爭吵統統都隨著身後的城市燈火而漸漸消隱，這讓我們很滿足。三十歲——展望那孤寂的十年，可以往來的單身漢日漸稀少，對公事包的熱情日漸稀少，頭髮日漸稀少。但是，我身邊有喬丹，她不同於黛西，她始終過於聰明，因而不會把徹底遺忘的夢幻從一個時代帶到另一個時代。當我們經過黑黝黝的大橋，她那蒼白的臉倦怠地靠在我外衣的肩部，隨著她的手把那種可靠的緊握傳遞過來，三十歲——那可怕的一聲鐘鳴也就漸漸消失了。

就這樣，我們穿過漸漸涼爽下來的暮色，駛向死亡。

年輕的希臘人米凱利斯，在灰燼堆旁邊經營一家那種有點色情的小咖啡館，他是警方調查時的主要目擊者。那個大熱天，他一直睡到下午五點後才起床，當他晃到那邊的車廠，發現喬治·威爾遜在自己的辦公室裡生病了——真的生病了，蒼白得就像他自己的蒼蒼白髮，還渾身發抖。米凱利斯告誡他要臥床休息，但威爾遜謝絕了，說他如果臥床休息，就會錯過很多生意。正當他的鄰居試圖說服他的時候，樓上突然傳來一陣激烈的叫罵聲。

「我把我妻子鎖在那上面了，」威爾遜平靜地解釋道，「她要在那裡待到後天，然後我們就會搬走。」

聽聞此言，米凱利斯大為震驚，他們做了四年的鄰居，威爾遜似乎從來就不敢說出這樣的話來。一般來說，他平時忙得筋疲力竭：沒做事的時候，他都坐在門廊的椅子上，盯著路上過往的行人和車輛。任何人跟他說話，他都是懨意而無精打采地大笑。他就像僕人一樣，事事聽從妻子，毫無地位。

因此，米凱利斯自然就想弄清楚究竟發生了什麼事，威爾遜卻一個字也不肯透露——相反，他開始用古怪而好奇的目光掃視這位訪客，並詢問他在某些日子的某些時候都在幹什麼。正當米凱利斯感到不自在的時候，幾個工人恰好從門前經過，要去他的餐館，他便趁機溜掉了，打算過一會兒再回來打探。但是他並沒回來。他想自己是忘了這件事，僅此而已。當他在七點剛過，重新走到外面，才想起那場對話，因為他聽見了威爾遜夫人的嗓音在下面的車廠裡大聲責罵。

「打我呀！」米凱利斯聽見她在大叫，「把我推倒在地上打呀！你這個骯髒的小孬種！」

過了一會兒，她衝到門外的黑暗中，揮舞雙手大聲嚷嚷，米凱利斯還沒來得及離開自家的門口，慘劇就發生了。

報紙上所稱的那輛「死亡之車」沒有停下，它從漸漸合攏的黑暗中衝出來，悲劇性地躊躇了片刻，然後就消失在下一個拐彎處。米凱利斯甚至沒有看清車的顏色——他告訴第一個警察說那輛車是淺綠色的。另一輛車，就是那輛駛向紐約的車，在一百碼開外停了下來，車上的司機匆匆跑回車禍地點，在那裡，默特爾．威爾遜跪在路當中，生命驟然結束了，她那濃稠而發黑的血灑在塵土中。

米凱利斯和這個人最早趕到她的身邊，但是，當他們撕開她那被汗水浸透的襯衫時，卻看見她的左乳房像一片襟翼鬆弛地耷拉著，因此沒有必要再去聆聽那下面的心跳了。她大張著嘴巴，嘴角微微撕裂，彷彿在釋放儲存了那麼久的巨大活力時稍稍被哽咽住了。

人。

我們距離事發地點還有點遠，就看到了那裡聚集著三、四輛汽車和一大群人。

「車禍！」湯姆說，「那很好啊，威爾遜終於有點生意了。」

他減速行駛，但依然沒打算停下來，直到我們靠近時，人群安靜、專注地朝車廠門口張望的臉，才使得他不由自主地踩下了剎車。

「我們去看看吧，」他懷疑地說，「就看一眼。」

此刻，我才聽到一陣空洞的哀號聲從車廠裡面不斷傳出來，當我們從跑車裡下來，朝門口走去的時候，才聽清楚那聲音是從上氣不接下氣的呻吟中發出的一遍遍「我的天哪」。

「這裡有什麼大麻煩了。」湯姆激動地說。

他踮起腳尖、探著身子靠近，在一圈腦袋上面窺視車廠，車廠裡面，只有一盞黃色的燈，懸掛在頭頂上的鐵絲罩中搖晃。接著，他的喉嚨裡發出了一種刺耳的聲音，然後用強有力的雙臂猛然一推，就在人群中擠開了一條路。

那一圈人又合攏了，同時連續不斷地發出勸告聲，有一分鐘我什麼都看不見。然後，新來的人打亂了前面那一排人的圈子，喬丹和我突然就被推擠到裡面去了。

默特爾．威爾遜的屍體裹在一條毯子裡面，外面還裹了一條，彷彿她在這個熱得要命的夜晚還怕冷，她躺在牆邊的一張工作臺上，而湯姆則背對著我們，正一動不動地俯視。他的旁邊，站著一個騎摩托車的警察，正大汗淋漓地拿著一個小本記錄名字，寫了又修改。起初，我找不到那高聲呻吟的聲音來源，那聲音吵鬧著迴盪，響徹空盪盪的車行——然後我才看見威爾遜站在他的辦公室的門檻上，雙手抓著門柱，身體前後搖晃。有個人正在低聲跟他說話，時不時想把一隻手放在他的肩上，但威爾遜既沒聽見也沒看見。他的目光從那盞搖晃的燈上慢慢落在牆邊那張停放屍體的工作臺上，然後又猛然轉回到那盞燈上，連續不斷地發出他那恐怖的高聲叫喊。

「我的天——哪！我的天——哪！天——哪！我的天——哪！」

不久，湯姆便猛地抬起頭來，眼神呆滯地環視了一下車廠，對著警察語無倫次地咕噥了一句話。

「馬——」警察正在念，「——沃……」

「不對，是『羅』，」那個人糾正，「馬——沃——羅……」

「聽我說！」湯姆惡狠狠地嘀咕了一句。

「沃——」警察說，「——羅……」

「格——」

「格——」當湯姆那隻寬大的手掌落到他的肩上，他抬起頭來，「老兄，你想幹嘛？」

「我想知道究竟發生了什麼事。」

「汽車撞倒了她，當場就撞死了。」

「當場就撞死了。」湯姆目不轉睛地重複了一句。

「當時她跑到了路中央。那個王八蛋連車都沒停。」

「當時有兩輛車，」米凱利斯說，「一輛開過來，一輛開過去，明白嗎？」

「開向哪裡？」員警敏銳地詢問。

「兩輛車相向而行。呃，她……」他朝著毯子舉起手，但中途又停了下來，放回身邊，「……她跑到那外面的路上，那輛從紐約開來的車直接就撞上了她，那輛車的時速有三、四十英里。」

「這個地方叫什麼名字？」警官詢問。

「什麼名字都沒有。」

一個臉色蒼白、穿著考究的黑人靠近說。

「那是一輛黃色的車，」他說道，「大型的黃色車。新車。」

「你看到車禍發生的經過了嗎？」警察問。

「沒看見，但那輛車沿路從我身邊開過去，時速根本就不止四十英里，有五六十英里吧。」

「過來一下，讓我們記下你的名字。大家現在把路讓開，我要記下他的名字。」

威爾遜本來在辦公室的門框中搖晃，但這場對話中肯定有幾個詞彙傳到了他的耳裡，因為在喘氣的哭喊聲中，突然出現了一個新主題。

「你不用告訴我那是什麼樣的車！我知道那是什麼樣的車！」

我看著湯姆，只見他肩後的那塊肌肉在外衣下面繃得緊緊的。他朝威爾遜迅速走過去，站在他前面，牢牢地抓住他的上臂。

「你得振作起來。」他的聲音中帶著粗啞的撫慰。

威爾遜的目光落到湯姆身上，頓時震驚得踮起腳尖，然後又崩潰了下去，要不是湯姆一把扶住他，他肯定會癱倒在地上。

「聽我說，」湯姆說，「我一分鐘之前才從紐約來到這裡。我把我們一直在談的那輛跑車給你送過來。今天下午我開的那輛黃色汽車不是我的，你聽見了嗎？我整個下午都沒看到它呢。」

只有我和那個黑人靠得很近，聽清楚了他的話，但那個警察從他的語氣裡聽出了點什麼，便目光兇狠地看了過來。

「你在說什麼呢？」他追問。

「我是他的朋友。」湯姆掉過頭，但依然把雙手牢牢放在威爾遜身上。「他說他認識那輛肇事車……那是一輛黃色的車。」

某種模糊的衝動促使警察滿腹狐疑地看著湯姆。

「那你的車又是什麼顏色呢？」

「我的車是藍色的，一輛跑車。」

「我們剛剛直接從紐約過來的。」我說。

有個一直在我們後面不遠處駕駛的人也證實了這一點，那個警察便轉過身去。

「現在，請你讓我再正確記錄你的名字……」

湯姆把威爾遜像玩偶那樣拎進辦公室，放在椅子上，然後就回來了。

「來個人吧，到這裡陪他坐坐！」他突然命令似的呵斥了一聲。他張望著，而兩個站得最近的人面面相覷，很不情願地走進了房間。等他們進去後，湯姆關上門，走下那一級臺階，目光避開那張工作臺。他在跟我擦身而過的時候低聲說道：「我們出去吧。」

他很不自然地用他那專橫的雙臂開路，我們從那個久久不散的人群中擠出去，一位醫生手提藥箱匆匆趕來，跟我們擦身而過，他是半小時前大家懷著一線希望去請來的。

湯姆把車開得很慢，直到我們拐過彎——他才猛踩油門，跑車穿過夜色向前疾馳。一會兒之後，我聽到了一陣低沉而嘶啞的啜泣，看見他淚流滿面。

「天殺的混蛋！」他嗚咽著說，「他連車都沒有停。」

布坎南的房子突然穿過黝黑而沙沙作響的樹木，朝我們飄來。湯姆把車停在門廊邊，抬頭望著二樓，藤蔓間，有兩個窗戶燈光明亮。

「黛西回家了。」他說。我們從車上下來的時候，他掃了我一眼，又微微地皺起眉頭。

「尼克，我本來應該讓你在西卵下車的。今晚我們沒什麼事可幹了。」他的內心發生了變化，語調嚴肅而又果斷。當我們穿過月光照亮的沙礫路走向門廊，他僅僅三言兩語就處理了這樣的情況。

「我會打電話叫計程車來接你回家，你等車的時候，你和喬丹最好到廚房去，如果你們想吃點什麼的話，就讓他們給你們弄晚飯。」他推開門，「進來吧。」

「謝謝，不進去了。但如果你能為我叫輛計程車，我會很高興。我就在外面等吧。」

喬丹把手搭在我的手臂上。

「尼克，你不進去嗎？」

「謝謝，不進去了。」

我心裡有點不舒服，想一個人待著。但喬丹又逗留了一會兒。

「現在才九點半啊。」她說。

如果我進去，那真是該死。這一天，我真是受夠了他們，而突然間，這其中也包括了喬丹。她肯定從我的表情中多少看出了我不愉快，因為她驟然轉身，跑上門廊臺階，走進屋子。我雙手抱頭坐了幾分鐘，直到我聽見房裡有人拿起電話，並聽見那個管家叫計程車的聲音。然後我就沿著車道慢慢離開房子，打算到大門口去等車。

我還沒有走到二十碼，就聽到有人在叫我的名字，只見蓋茨比從兩棵灌木之間走到小徑上。當時我肯定感到十分怪異，因為我現在只記得起他那身粉紅色的西裝在月光下閃耀，其他一片空白。

「你在幹什麼呢？」我問道。

「老夥計，就站在這裡呀。」

不知何故，那好像是一種卑鄙的行徑。因為說不定片刻之後他就要去搶劫這家人。看見那些險惡的面孔，我不會感到驚訝，那些「沃爾夫希姆的人」的面孔，就躲在他身後那黝黑的灌木叢中。

「你在路上看到出了什麼事嗎？」他過了片刻問道。

「是的。」

他猶豫了。

「她被撞死了？」

「是的。」

「我當時就覺得她死了。我告訴黛西說她死了。這樣的震驚突然襲來，倒也好一些。她的反應倒是很鎮定。」

他的話，彷彿表明黛西的反應是最要緊的事情。

「我從一條岔路開回了西卵，」他繼續說，「把車停在我的車庫裡面。我想沒有人看到我們，但我當然不能肯定。」

到這個時候，我已經很討厭他了，因此就覺得沒必要指出他完全想錯了。

「那個女人是誰？」他詢問。

「她姓威爾遜。她的丈夫是那家車廠的老闆。這他媽的究竟是怎麼發生的？」

「呃，當時我企圖搶過方向盤……」他突然打住不說了，突然間，我猜到了真相。

「是黛西在開車嗎？」

「是的，」他過了一會兒才說，「但我當然要說是我在開車。聽我說，我們離開紐約的時候，她就非常緊張，她覺得開車會穩定自己的情緒——而正當我們跟一輛迎面而來的車會車的時候，那個女人就衝了出來。還不到一分鐘，這件事就發生了，但在我看來，她是想跟我們說話，認為我們是她認識的人。呃，起初黛西為了避開那個女人而轉向另一輛車，接著她又驚慌失措地轉了回去。我的手搭到方向盤上的那一秒，我就感覺到了震動——她肯定當場就被撞死了。」

「車都把她撞裂了……」

「老夥計，別跟我說這事。」他畏縮了，「總之——黛西踩著油門。我想讓她停下來，可是她停不了，因此我就拉了緊急剎車，然後她就倒在我的大腿上，而我則繼續開車。

「她明天就會好起來，」他過了一會兒說，「我只是等在這裡，看看他是否會因為今天下午不愉快的事情而煩擾她。她把自己鎖在房間裡，要是他想動粗的話，那她就會把燈關掉再打開。」

「他不會碰她的，」我說，「他現在想的可不是黛西。」

「老夥計，我可信不過他。」
「那你打算等多久？」
「如果有必要的話，就等一夜吧。總之要等到他們都睡覺。」
我腦子裡又有了新的看法。假設湯姆查明了是黛西在開車，他可能認為自己明白了其中的關係——他可能會懷疑一切。我看了看那座房子：樓下有兩三個窗戶亮著燈，黛西的房間在二樓發出粉紅色的光亮。
「你就在這裡等著，」我說，「我去看看有沒有吵鬧的跡象。」
我沿著草坪邊緣走了回去，輕輕穿過沙礫車道，踮起腳尖走上遊廊臺階。客廳的窗簾沒有拉上，我看到房間裡沒人。我越過我們在三個月前的那個六月之夜共進晚餐的門廊，來到一小塊長方形的光芒前，我猜那光芒是從食品儲藏間的窗口發出來的。百葉窗拉起來遮住了窗戶，但我趴在窗臺上找到了一個縫隙。
黛西和湯姆對坐在廚房餐桌的兩邊，他們之間放著一盤冷冷的炸雞和兩瓶淡色啤酒。他正專心地對著桌子那邊的她說話，在誠摯的話語中，他的手放下來蓋在她的手上。她偶爾抬頭看著他，並點頭贊同。

他們看來並不開心，他們倆都沒有去碰那盤炸雞或淡色啤酒——但他們也並非就不開心。場面中顯然有一種自然的親密氛圍，任何人看了都會說他們在一起密謀什麼。

當我從門廊上踮起腳尖窺探的時候，就聽見前來接我的計程車沿著漆黑的道路摸索而來，駛向這座房子。蓋茨比還等在車道上，就在我剛才離開他的地方。

「那上面一切都安靜了嗎？」他焦急地問。

「是的，一切都很安靜。」我遲疑地說，「你最好也回家睡上一覺。」

他搖了搖頭。

「我想在這裡一直等到黛西睡覺。老夥計，晚安。」

他把雙手插進外衣口袋，眼巴巴地轉身去仔細打量那座房子，彷彿我的存在有損於這場神聖的守夜。於是我就走開了，讓他頭頂月光站在那裡——守護虛無。

第八章

我徹夜難眠，一聲霧號在海灣上連續不斷地呻吟，我有些生病似的，在怪異的現實和殘忍可怕的夢幻之間輾轉反側。接近黎明時，我聽見一輛計程車開上蓋茨比的車道，我立即從床上跳下來，開始穿衣——我感到自己有話要告訴他、有事要警告他，等到早晨就太晚了。

我越過他的草坪，看見他的前門還開著，他正倚在門廳裡的一張桌子上，因為沮喪或睡眠不足而疲倦不堪。

「什麼事情也沒發生，」他無精打采地說，「我一直等著，大約凌晨四點，她走到窗前佇立了一分鐘，然後就關掉燈了。」

那天夜裡，當我們穿過巨大的房間尋找香菸的時候，我才發現他的房子似乎從來沒有那麼大過。我們把大帳篷似的厚窗簾推到一邊，在大片黑暗的牆上摸索電燈開關——我還一度砰的一聲摔倒在一臺幽靈般的鋼琴的琴齒上。到處都不可思議地積滿了灰塵，一個個房間發出霉味，彷彿很多天都沒有通過風似的。我在一張不熟悉的桌子上找到了菸盒，裡面有兩支乾癟的香菸，但已然走了味。我們打開客廳的落地窗，坐了下來，對著外面的黑暗抽菸。

「你應該離開，」我說，「他們無疑會追查你的車。」

「老夥計，現在就離開嗎？」

「到大西洋城去待一個星期，要不就北上去蒙特利爾[1]。」

他根本就不會考慮離開。在他知道黛西打算怎麼辦之前，他不可能丟下她不管。他抓著最後的一線希望不放，而我又不忍心讓他罷手。

就在這天夜裡，他把他在丹．科迪身邊度過的青春時代的那些奇異故事告訴了我——他之所以告訴我，是因為在湯姆那堅如磐石的惡意上面，「傑伊．蓋茨比」像玻璃一樣碰得粉碎，也因為那首漫長而祕密的狂想曲演奏完了。我想，他現在可以毫無保留地承認一切，而他卻一心只想談黛西。

黛西是他認識的第一個「大家閨秀」。他曾經以祕而不宣的身分跟這樣的人接觸過，但中間始終隔著一道無形的鐵絲網。他發現她令人激動、朝思暮想。他拜訪她家，起初和泰勒營地的其他軍官一同前往，後來就獨自去了。讓他驚異的是——他以前從來不曾走進如此美麗的房子。但黛西的房子之所以散發出令人喘不過氣來的強烈氣息，是因為黛西就住在那裡——對於她，這是很平常的事情，就像營地的帳篷對於他一樣。這座房子充滿了強烈的神祕氣息，暗示著樓上的臥室比其他臥室更漂亮、更涼爽，暗示著走廊上發生過種種歡心樂事，暗示著一樁樁浪漫的豔史——不是那種已經用薰衣草貯存起來發霉的，而是鮮豔、清新、栩栩如生的風流韻事，像是這一年閃亮的新車，或鮮花幾乎不會凋謝的舞會。讓他激動的，還有很多男人都愛過黛西——在他看來，這抬高了她的身價。他感到，在這座房子裡，那些追求者的身影無處不在，用那些激情的陰影和依然顫動的回音，充斥著空氣。

1. 加拿大魁北克省南部的大城市。

但是，他知道自己進入黛西家純屬天大的意外。他作為傑伊・蓋茨比的前程無論有多麼遠大，他現在都是一個身無分文、來歷不明的年輕人，而且他的制服——這件無形的斗篷隨時都可能從肩上滑落下來。因此，他充分利用自己的時間。他貪婪而不擇手段地占有了他所能得到的東西——終於在一個寂靜的十月之夜占有了黛西，他之所以要占有她，是因為他根本沒有權利觸碰她的手。

他也許應該鄙視自己，因為他確實採用了欺騙手段去占有她。我倒不是說他利用了自己那虛幻的百萬家產，而是故意給黛西製造了一種安全感。他讓她相信自己就跟黛西一樣，也出身於同一階層——讓她相信自己完全能夠照料她。實際上，他根本沒有這樣的條件——他並沒有生活優裕的家庭做後盾，而且，只要缺乏人情味的政府心血來潮，他就很有可能被派往世界各地。

可是他並沒有鄙視自己，結果也出乎他的意料。或許，他曾經打算占有自己所能占有的東西，然後一走了之——但現在，他發現自己投身於聖杯一般渺遠的理想。他知道黛西出類拔萃，但他沒有認識到一位「大家閨秀」有多麼出類拔萃。她消失在她那富有的房子裡，消失在她那富裕而圓滿的生活中，只給蓋茨比留下了虛無。他感覺到自己娶了她為妻，僅此而已。

兩天後，當他們再次見面，這次喘不過氣來的人就變成了蓋茨比，他不知何故遭到背叛。她的門廊奢華地沐浴在燦爛的星光裡，當她轉身，讓他親吻她那好奇而可愛的嘴唇，那長靠椅的柳條就發出悅耳的吱嘎聲。她感冒了，這就使得她的嗓音比以往任何時候都要嘶啞、迷人，蓋茨比難以抗拒地意識到了被財富所囚禁和保存的青春與神祕，意識到了眾多衣服帶來的新鮮活力，意識到了黛西如同白銀一般閃閃發光，遠離了窮人的痛苦掙扎，安全而驕傲地生活著。

「老夥計，我無法對你描述我發現自己愛上她的時候有多麼驚訝。有一陣子，我甚至希望她會拒絕我，但是她沒有拒絕，因為她也愛上了我。她覺得我見多識廣，因為我瞭解的東西跟她不同……呃，我就那樣撇開了勃勃雄心，分分秒秒都在情網中越陷越深，而突然間，我又不在乎了。要是我能有更好的時機去告訴她我要幹什麼，幹大事又有什麼用呢？」

在他奔赴海外的最後一天下午，他默默地摟著黛西坐了很久。那是一個寒冷的秋日，房間裡生了火，她的面頰映得通紅。她不時挪動身子，他也會稍稍改變手臂的姿勢，還一度親吻她那烏黑發亮的頭髮。那個下午讓他們安靜了一陣，彷彿要讓他們留下深刻的記憶，因為第二天約定的那場漫長的分別就要來臨。當她把嘴唇默默掠過他外衣的肩部，或者當他輕輕觸及她的指尖，彷彿她在沉睡，在那個月，他們的相愛從來沒像這樣親密纏綿過，也沒有像這樣深深地交流過。

他在戰爭中表現出眾。他還沒上前線就當上了上尉，阿貢戰役結束後，他就晉升為少校了，還當上了機槍分遣隊的隊長。停戰後，他想回家想瘋了，但由於某種混亂複雜的情況或者誤會，他卻被陰差陽錯地送到了牛津大學。他立刻就悶悶不樂了——黛西的來信流露出緊張的絕望情緒。她不明白他為什麼不回去。她感到了外界的壓力，她想看到他，想要他待在自己身邊，想要他讓她放心，說她做的事情終究都很正確。

因為黛西還年輕，她那人造的世界讓人聯想到蘭花、歡樂愉快的勢利態度，和為當年定下節奏的樂隊，這支樂隊用新曲調總結了生活的悲哀和啟示。

薩克斯風徹夜哀號〈比爾街藍調〉的絕望音調，而同時，一百雙金色和銀色的舞鞋揚起閃亮的塵埃。午茶時分，總有一些房間隨著這種低沉、愜意的狂熱而不停地顫動，與此同時，新的面孔飄來蕩去，如同被那些悲傷的喇叭吹落到地板上的玫瑰花瓣。

穿過這種暮色的宇宙，黛西隨著季節而再次活躍起來，突然間，她每天又和五、六個男人約會了，黎明時分才睡意矇矓地進入夢鄉，晚禮服上的珠子和薄紗糾纏在她床邊地板上枯萎的蘭花中間。在她的內心，有什麼東西渴望著做出決定。現在她需要解決自己的終身大事，刻不容緩——這個決定必須藉由某種近在眼前的力量而做出，諸如愛情、金錢、無可非議的實在之物。

春天正盛的時候，隨著湯姆．布坎南的到來，那種力量就呈現了出來。他本人和地位都很有正能量，黛西的虛榮心得到了滿足。無疑，她心中也有過一番掙扎，後來又如釋重負了。蓋茨比收到那封信時，他還在牛津。

此刻，長島已是黎明，我們四處走動，把樓下其餘的窗戶都統統打開，讓房子充滿那漸漸變成灰色、金色的光芒。一棵樹的陰影驟然橫跨著落到露水上，幽靈般的鳥兒在藍色的樹葉間歌唱。空氣中有一種令人愉快的緩慢運動，幾乎說不上是風，預示著涼爽而宜人的一天。

「我認為她從來都沒有愛過他。」蓋茨比從一個窗戶前轉身，露出挑戰般的神情看著我，「老夥計，你肯定還記得，今天下午她很激動。他用嚇唬她的方式把那些事情告訴她——把我說得彷彿是某種一文不值的騙子。結果她幾乎不知道自己在說些什麼。」

他沮喪地坐下。

「他們最初結婚的時候，她當然可能短暫地愛過他——即便是在那時，她也更愛我。你明白嗎？」

他突然奇怪地說了一句：

「總之，」他說，「這都是私事。」

除了懷疑他對這件事的想法有某種無法計算的強烈情感，你又能怎麼理解這句話呢？

湯姆和黛西還在蜜月旅行的時候，他就從法國回來了，用最後一點軍餉前往路易斯維爾，踏上了一場痛苦而又難以抗拒的旅行。他在那裡待了一個星期，走在他們的腳步曾經一起嗒嗒穿過十一月之夜的街上，重訪他們開著她那輛白色小車前往的那些偏僻之處。正如黛西家的房子在他看來始終比其他房子神祕、歡樂，因此，即使黛西早已離開，他也認為這座城市本身瀰漫著一種淒美。

離開的時候，他覺得自己如果更努力尋找，也許就會找到她——覺得自己留下她而離開了。普通車很熱——他現在身無分文。他走到車廂連接處的露天通廊上，在一把折疊椅上坐下來，車站從眼前溜了過去，不熟悉的建築物背面飛逝而去。然後火車開進了春天的田野，一輛黃色電車跟普通車並排疾馳了片刻，車上的乘客可能曾經在街頭無意間看見過她那張蒼白而魔幻的臉。

鐵軌轉彎，現在火車背對著太陽疾駛，太陽漸漸西沉的時候，餘暉似乎在祝福中鋪展在那個她呼吸過、如今正在消失的城市上面。他絕望地伸出手去，彷彿要抓住一縷空氣，去拯救那個她因為他而變成可愛之處的一塊碎片。但是，對於他那雙矇矓的淚眼，這一切都消逝得太快了，他知道自己永遠失去了其中最清新、最美好的那一部分。

吃完早飯，我們走到外面的門廊上，此時已是早上九點了。夜晚讓天氣驟變，空氣中有了秋天的氣息。那個園丁——蓋茨比的最後一位老僕人，來到臺階腳下。

「蓋茨比先生，我今天打算把游泳池裡的水放乾。很快就要落葉了，管道會有堵塞的麻煩。」

「今天別放水。」蓋茨比回答。他朝我轉過身來，一臉歉意，「老夥計，你知道我整個夏天都沒有用過那個游泳池嗎？」

我看了看手表，站起身來。

「離我要坐的那班火車還有二十分鐘。」

我並不想進城。我不值得為了去幹一點體面的工作而大費周章，但不僅如此——我不想離開蓋茨比。我錯過了那班火車，然後又錯過一班，我這才勉勉強強地離開。

「我會給你打電話的。」我最後說道。

「老夥計，一定要打。」

「我在中午前後給你打吧。」

我們慢慢走下臺階。

「我想黛西也會打電話來的。」他焦慮地望著我，彷彿希望我會贊同他的話。

「我也想她會打來的。」

「那麼再見吧。」

我們握了握手，我就動身離開。就在我走到樹籬之前，我又想起了什麼事情，便轉過身去。

「他們都是一幫無用的傢伙，」我隔著草坪大喊，「他們湊成他媽的整整一大幫子，也比不上你一個人。」

我一直為自己說出了那句話而高興。那是我給他的唯一稱讚，因為我自始至終都不贊同他。起初他彬彬有禮地點了點頭，然後他的臉上洋溢著那種燦爛又會心的微笑，彷彿我們在那件事上一直都是心照不宣的同謀。白色臺階上，他那套華麗的粉紅色西裝映襯出一點鮮豔的色彩，我想起三個月前的那天晚上，我初次來到他的大宅時的情形，當時草坪和車道擠滿了面孔，那些猜測他的腐敗生活的人的面孔——在他朝他們揮別的時候，他就站在那些臺階上，隱藏著他那不會腐敗的夢。

我感謝了他的款待。我們——我和其他人始終都在為款待而感謝他。

「再見，」我大聲喊道，「蓋茨比，我喜歡這頓早餐。」

到了城裡，我工作了一陣，想把數量眾多的股票行情抄錄到明細表上，然後就倒在旋轉椅上睡著了。就在中午之前，電話把我吵醒了，我大吃一驚地跳了起來，汗珠突然滲出腦門。電話是喬丹打來的，她經常在這一時刻給我打電話，因為她的行蹤在飯店、俱樂部和私人住宅之間飄浮不定，這就使得我用盡種種辦法也很難找到她。在電話那頭，她的嗓音通常都讓人神清氣爽，彷彿是在碧綠的高爾夫球場擊球時把一塊草皮鏟起來飄進了辦公室窗戶，但今天上午，她的嗓音卻顯得枯燥而刺耳。

「我離開了黛西家，」她說，「我在亨普斯特德，今天下午我要去南安普頓。」

或許，她離開黛西家是機智得體的表現，但這一行為卻讓我煩惱，而她接下來的一句話更讓我僵住了。

「昨晚你對我可沒那麼好。」

「在那時的情況下，又有什麼關係呢？」

她沉默了片刻，然後說：

「不管怎樣，我都想見你。」

「我也想見你。」

「如果我今天下午不去南安普頓，而是進城來，行嗎？」

「不行啊——我想今天下午實在不行。」

「那好吧。」

「今天下午不可能有空。各種……」

我們就那樣談了一會兒，然後我們就驟然不再說話了。我不知道我們倆究竟是誰啪的一聲掛上了電話，但我知道自己已經不在乎了。那天我實在沒有辦法隔著茶桌跟她聊天，即便是她在這個世界上從此跟我絕交，也無所謂了。

幾分鐘之後，我就給蓋茨比家打電話，但他那邊一直占線。我接連打了四次，最後，一個怒氣沖沖的電話局接線員告訴我，說是這條電話線正在接聽來自底特律的長途電話。我拿出火車時刻表，在三點五十分那班火車上畫了一個小圓圈。然後我仰靠在椅子上，想要思考一下。這時正是中午。

那天早晨，我坐火車經過灰燼堆的時候，故意走到車廂的另一側。我猜想有一群好奇的人整天都會聚集在那裡，幾個小男孩在灰塵中尋找暗色的血斑，某個喋喋不休的人一遍又一遍講述那場發生的車禍，直到講述者自己都覺得越來越不真實，再也講不下去了，默特爾・威爾遜的悲慘下場也就被人遺忘了。此刻我想稍稍倒退回去，講述一下我們前一夜離開車廠之後，那裡所發生的事情。

大家好不容易才找到默特爾的妹妹凱薩琳。那天晚上，她肯定違反了自己不喝酒的規矩，因為她到達的時候，已經被酒精灌得麻木了，根本不明白救護車已經開到法拉盛去了。當大家讓她確信發生了這場悲劇的時候，她立即就暈厥了過去，彷彿那是這一事件中無法忍受的部分。某個好心或好奇的人把她帶上車，跟在她姊姊的遺體後面一路駛去。

午夜過去很久以後，來來往往的人還擠在車廠前面，同時，喬治・威爾遜在車廠裡的沙發上前後搖晃。辦公室的門打開了一會兒，每個進入車廠的人都無法抗拒地透過那道門朝裡面掃視。最後有人說這樣窺視很可恥，就把門關上了。米凱利斯和其他一些人跟威爾遜待在一起，起初還有四、五個人，後來就只剩下兩三個人了。再到後來，米凱利斯不得不請求最後一個陌生人在那裡再待十五分鐘，同時他回到自己的咖啡館去煮了一壺咖啡。此後，他就隻身一人和威爾遜在那裡待到天明。

大約凌晨三點，威爾遜那語無倫次的咕噥改變了內容——他變得更安靜，開始談到那輛黃色汽車。他宣稱自己有辦法查明那輛黃色汽車的主人，然後又脫口說出兩個月前他的妻子從城裡回來時鼻青臉腫的情形。

但是，當他聽到自己說出了這件事，就畏縮了，又開始用那呻吟的嗓音喊出「我的天哪」。米凱利斯笨拙地想辦法轉移他的注意力。

「喬治，你結婚多久了？好了，盡量安安靜靜地坐一會兒吧，回答我的問題。你結婚多久了？」

「十二年。」

「有孩子嗎？好了，喬治，安靜地坐著——我問了你一個問題呢。你有孩子嗎？」

那些堅硬的棕色甲蟲不斷猛撞暗淡的燈泡，每當米凱利斯聽見外面的公路上有車疾駛而過，他都覺得像是幾個小時前那輛不曾停下的肇事車。他不願進入車廠，因為那張停放過屍體的工作臺上面還血跡斑斑，因此他只能在辦公室極不舒服地走來走去——還沒到早晨，他就已經熟悉了裡面的每樣東西，有時，他會在威爾遜身邊坐下來，想讓他更安靜一些。

「喬治，你平常會去教堂嗎？或者你很久都沒去了？也許我可以給教堂打電話，請一位牧師過來，他可以跟你聊聊，你看如何？」

「我不信教。」

「喬治，你應該信教，在這樣的時候就管用了。你肯定去過教堂。你是在教堂結婚的嗎？聽著，喬治，聽我說吧。你是在教堂結婚的嗎？」

「那是很久以前的事了。」

回答問題的努力打斷了他搖晃身體的節奏——他沉默了一會兒。然後，那種同樣或清醒或迷糊的表情重又回到他那黯然的眼神裡。

「打開那個抽屜看看吧。」他一邊說，一邊指著書桌。

「哪個抽屜？」

「那個抽屜——就是那個。」

米凱利斯順手打開離他最近的那個抽屜。裡面只有一條昂貴的小狗皮帶，是用皮革做成的，上面還鑲嵌著銀飾，顯然很新。

「是這個東西嗎？」他邊問，邊拿了起來。

威爾遜盯著，點了點頭。

「這是我昨天下午發現的。她努力向我說明它的來歷，但我知道這件事很蹊蹺。」

「你是說這是你的妻子買的？」

「她用薄紙包裹著放在五斗櫃上。」

米凱利斯沒看出這小東西有什麼古怪，便對威爾遜說了十幾個理由，以此來證明他的妻子可能購買這條狗皮帶的原因。但是可以想像，威爾遜此前已經從默特爾那裡聽過其中一些相同的解釋，因為他又開始低聲說「我的天哪！」——這就使得正在安慰他的米凱利斯把幾個尚未說出的理由嚥了回去。

「那麼就是他把她殺了。」威爾遜突然大張著嘴巴說道。

「是誰殺的？」

「我有辦法去查明。」

「喬治，你生病了吧，」他的朋友說，「這件事讓你很緊張，你不知道自己在說什麼。你最好還是盡量安安靜靜地坐到早晨。」

「是他謀殺了她。」

「喬治，那是意外事故。」

威爾遜搖了搖頭。他瞇起眼睛，微微咧開嘴巴，不為所動地輕輕「哼」了一聲。

「我知道，」他肯定地說，「我這人很信任別人，我不會傷害別人，但是當我逐漸弄明白了一件事，我心裡就有數了。就是那輛車上的男人。她衝出去想跟他說話，但他沒有停車。」

米凱利斯也看到了那一幕，但他並沒想到其中有任何特殊意義。他相信威爾遜夫人當時只是想逃離自己的丈夫，而不是想去阻攔某一輛特別的汽車。

「她怎麼可能那樣呢？」

「她這人城府很深，」威爾遜說，彷彿這句話是在回答這個問題。「啊……啊……啊……」

他又開始搖晃起來，而米凱利斯站著，搓著手裡的那條狗皮帶。

「喬治，也許你有什麼朋友，要不要我打電話叫來呢？」

這是一線幾乎渺茫的希望——他幾乎可以肯定威爾遜根本沒有朋友：他連自己的妻子都管不住呢。稍後，當他注意到房間裡發生了變化，窗邊漸漸發藍，他就有點高興起來，知道黎明不遠了。大約到了五點，外面的天空已經藍得足以關掉房間裡的燈了。

威爾遜那雙呆滯的眼睛轉向外面的灰燼堆，那上面，小小的灰色的雲呈現出稀奇古怪的形狀，在黎明的微風中迅速飄來蕩去。

「我跟她談過，」他沉默良久才咕噥出一句，「我告訴她說她可以愚弄我，但她不能愚弄上帝。我把她拉到窗前——」他努力站起身來，走到後面的窗戶，把臉緊貼在上面，「我說：『上帝知道你在幹什麼，知道你所做的一切。你可以愚弄我，但你不能愚弄上帝！』」

米凱利斯站在他的身後，吃驚地看見他正盯著T．J．埃克爾伯格醫生的眼睛，那雙蒼白暗淡、巨大無比的眼睛剛剛從消融的夜色中顯現出來。

「上帝看見一切。」威爾遜重複了一句。

「那不過是廣告。」米凱利斯讓他安心。有什麼東西讓他從窗戶轉身，回頭看著房間裡面。但威爾遜在那裡佇立良久，他的臉靠著窗玻璃，對著曙光點頭。

到了六點鐘，米凱利斯筋疲力盡，一輛汽車在外面停下，那聲音讓他心懷感激。來人是一位昨晚幫忙守夜的人，他答應過今天要回到這裡，於是米凱利斯做了三個人的早飯，他和另一個人一起吃了。現在威爾遜更安靜了，米凱利斯便回家去睡覺，當他在四小時後醒來時，便匆忙回到了車廠，卻發現威爾遜不見了蹤影。

後來查明了威爾遜的行蹤——他一直在步行——他先到羅斯福港，然後到了蓋德丘，在那裡買了一塊三明治，但他沒吃，還買了一杯咖啡。一路上，他肯定疲倦不堪，走得很慢，因為直到中午才到達蓋德丘。到這裡，要把他在這段時間裡的活動交代清楚並不難——有幾個男孩看見了一個男人「舉止瘋癲」，他還站在路邊神情古怪地盯著一些開車路過的人。接下來的三小時，他就從別人的視野中消失了。警方根據他對米凱利斯所說的「有辦法去查明」，推測他在那段時間裡從一家汽修廠走到另一家汽修廠，挨家打聽一輛黃色汽車的下落。另一方面，沒有哪家汽修廠見過他的人自告奮勇站出來說見過他，也許他有更容易、更可靠的辦法去查明自己想知道的事情。到了下午兩點，他出現在西卵，在那裡，他向人問過去蓋茨比家的路。因此到那個時候，他已知道蓋茨比的名字了。

下午兩點，蓋茨比換上泳衣，吩咐管家如果有人來電話，就到游泳池來把口信捎給他。他在車庫停下，拿來一塊在夏天供客人娛樂的充氣墊，司機幫忙給墊子充滿了氣。然後，他就指示司機無論如何都不要把那輛敞篷汽車開出來——這很奇怪，因為前輪左側的擋泥板需要修理。

蓋茨比扛著墊子走向游泳池。他一度停下來把墊子稍稍挪動了一下，司機問他是否需要幫忙，但他搖了搖頭，片刻之後便消失在正在發黃的樹木中間。

沒有任何電話打來，但是那管家也沒去午休，一直等到下午四點——到那時，即便是有電話打來，也沒人接聽了。我認為蓋茨比自己不相信會有電話打來，也許他再也沒在意了。如果真是那樣的話，他就肯定感到自己失去了一個溫暖的老世界，因為僅僅長久心懷一個夢而付出了高昂的代價。當他發現玫瑰是多麼古怪的東西、發現照耀在幾乎還沒露頭的草叢上的陽光多麼殘酷，他肯定透過令人恐懼的樹葉而仰望過一片不熟悉的天空，並且不寒而慄。一個新世界，有實體卻不真實，其中有可憐的幽靈，像呼吸空氣一樣呼吸著夢幻，四處飄蕩……就像那個穿過雜亂的樹木悄悄走向他的身影、那個稀奇古怪的蒼白的身影。

司機——這個沃爾夫希姆手下的人，聽見了槍聲，後來他只能說出那些槍聲沒有引起自己足夠的重視。我從火車站直接開車駛向蓋茨比的別墅，等我焦急地衝上前門的臺階，才驚動了屋子裡的人。但我堅信，那時他們已經知道了。我們四個人——司機、管家、園丁和我，幾乎一言不發就匆匆趕往下面的游泳池。

當清新的水流從一端流向另一端的排水管，水裡有一種幾乎察覺不到的微弱流動。隨著那些幾乎形不成波浪影子的小漣漪，那塊負重的墊子順著游泳池盲目地漂動。一陣幾乎吹不皺水面的微風就足以攪動它那載著意外負擔的意外航線。一簇落葉觸及墊子，讓它慢慢旋轉，如同羅盤的指標，在水裡畫出一個細細的紅色圓圈。

我們抬著蓋茨比走向房子之後，園丁才在不遠處的草叢中看見了威爾遜的屍體，這場屠殺就這樣結束了。

於是我們奮力逆水行舟，又註定要不停地退回過去。

明天我們將跑得更快，把我們的手臂伸得更遠……在一個美好的早晨——

第九章

兩年之後，我想起那一天的其餘時間、那一夜和第二天，記憶中只有警察、攝影師和新聞記者在蓋茨比的前門進進出出，無休止地反覆調查。一根繩子攔住了大門，一個警察守在旁邊，擋開那些看熱鬧的好奇群眾，但小男孩都很快就發現可以穿過我的院子進來，因此總有幾個男孩聚集在游泳池周圍，驚訝得目瞪口呆。那天下午，一個舉止自信的人，或許是偵探，在威爾遜的屍體上俯身查看時使用了「瘋子」一詞的表達法，他的嗓音偶然流露的權威性，給第二天早晨的新聞報導定下了基調。

那些報導多半是噩夢——稀奇古怪、不得要領、熱情虛妄，而且無中生有。

當米凱利斯接受調查時，他的證詞顯示了威爾遜對他妻子的猜忌，我以為整個故事很快就會在黃色小報上加油添醋地和盤托出——可是凱薩琳，本來可以說出一切，卻守口如瓶，並沒吐露一個字。對於這件事，她表現出了驚人的個性——她那描過的眉毛下面，那雙毅然決然的眼睛看著驗屍官，發誓說自己的姊姊從來沒見過蓋茨比，說姊姊跟姊夫在一起生活得幸福美滿，還說姊姊從未出軌。她說得很真切，連她自己都相信了，還用手帕捂著臉號啕大哭，彷彿她根本無法忍受這樣的暗示和聯想。因此威爾遜就被歸納為一個「由於悲傷而精神失常」的人，使得這樁案子可以保持最簡單的形式，這樣也就結案了。

然而，這件事的整個這一部分似乎都很模糊，也無關緊要。我發現自己站在蓋茨比這一邊，而且獨自一人。從我打電話到西卵村報告這場慘案的那一刻起，每一種關於他的猜測、每一個實際的問題，大家都來問我。起初，我既驚訝又困惑，後來的一個又一個小時，當他躺在自己的房子裡一動也不動、不呼吸、不說話，我才漸漸明白了是我在負責，因為其他人都不感興趣——這裡的興趣，我指的是，每個人臨終時多多少少都該有人強烈關心。

我們發現他的屍體半小時後，我就給黛西打了電話，直覺地、毫不猶豫地給她打了電話。可是那天下午她和湯姆早早就出門了，隨身還帶著行李。

「沒留下地址嗎？」

「沒留。」

「說過他們什麼時候回來嗎？」

「沒說。」

「知道他們在哪裡嗎？我怎樣才能和他們聯繫上呢？」

「我不知道。不好說。」

我想找個人來照料他。我想走進他躺著的那個房間對他保證：「蓋茨比，我會找個人來照料你。別擔心。就信任我好了，我會找個人來照料你……」

電話簿裡沒有邁耶・沃爾夫希姆的名字。管家把他在百老匯的辦公室地址給了我，我打電話到電話局問訊處查詢，可是等我拿到電話號碼的時候，時間早就過了下午五點，那邊沒人接聽電話了。

「再轉接一次好嗎？」

「我已經轉接過三次了。」

「有很重要的事情啊。」

「對不起，恐怕那邊沒人了。」

我回到客廳，那裡突然擠滿了官方人員，一瞬間，我還以為他們是不速之客。但是，當他們拉開床單，瞪大眼睛看著蓋茨比的時候，他的抗議仍然在我的腦海裡迴響：

「老夥計，聽著，你得找個人來照料我。你得努力去找啊。我無法獨自經歷這樣的孤獨。」

有人開始向我提問，我卻擺脫了對方而上樓去，匆匆翻看他的書桌那些沒有鎖上的抽屜——他從來沒有明確地告訴過我說他的父母去世了。但是那些抽屜裡面沒留下一絲線索——只有掛在牆上的那張丹・科迪照片，那是一個早被遺忘的狂暴生活的標誌，盯著下面。

第二天早晨，我派管家帶著一封信前往紐約去找沃爾夫希姆，打探相關消息，敦促他搭乘下一班火車趕來。我寫信的時候，覺得這樣的請求似乎多餘。我確信，他一看到報紙上的消息，就會動身趕來，正如我確信黛西會在中午之前拍來電報一樣——可是，黛西並沒拍電報來，沃爾夫希姆先生也沒趕來，除了更多的警察、攝影師和新聞記者，沒有什麼人趕來。當管家帶來沃爾夫希姆的回信時，我開始產生了一種抗拒的感覺，覺得蓋茨比和我之間所共有的不屑可以對抗他們所有人。

親愛的卡拉韋先生：

對於我，這個噩耗十分令我震驚，我幾乎完全無法相信這是真的。那個傢伙如此瘋狂的行為，應該讓我們大家都加以思考。因為我被一件很重要的事情纏住，因此目前無法趕來，我也不能牽扯到這件事情裡面。稍過一段時間之後，如果有任何地方需要我效勞，請派愛德格送信來告訴我就是了。我聽到這樣的噩耗時，幾乎不知道自己身在何處，震驚得完全不知所措。

您忠實的，

邁耶・沃爾夫希姆

下面又匆匆附加了一句：

請告知喪葬的安排等等，另外，我根本不認識他的家人。

那天下午，電話響起的時候，長途電話臺說是芝加哥打來的，我以為這總該是黛西的電話了，但電話接通以後，那邊說話的卻是一個男人，聲音很細、很遠。

「我是斯萊格爾……」

「是嗎？」這個名字很陌生。

「讓人驚訝的消息，對吧？收到我的電報了嗎？」

「沒收到任何電報。」

「小派克惹上麻煩了。」他急促地說，「他在櫃檯上遞交證券的時候，他們當場把他給逮住了。就在五分鐘之前，他們剛剛收到紐約來的通知，把號碼給了他們。喂，你對此有瞭解嗎？在這些鄉鎮，你始終沒法預料……」

「喂！」我上氣不接下氣地打斷了他，「聽我說——我不是蓋茨比先生。

蓋茨比先生死了。」

電話那邊沉默良久，接著是一聲驚叫……然後是一聲迅疾的抱怨，電話就掛斷了。

我想是在第三天，從明尼蘇達州的一個小鎮拍來了一封署名亨利．C．蓋茨的電報。電報說發報人立馬就動身，要求把葬禮延到他到達之後才舉行。

來人是蓋茨比的父親，一個莊重的老頭，很無助也很沮喪，在九月的這種溫暖的日子就裹著一件廉價的長外套，激動的眼淚嘩嘩下淌，我從他手裡接過提包和雨傘的時候，他就開始不停地拉扯他那稀稀疏疏的花白鬍子，因此我很費力才幫他脫掉了外套。他都快要崩潰了，於是我就把他扶到音樂廳讓他坐下，同時讓人給他弄點吃的來。但他不肯吃東西，那杯牛奶也從他那顫抖的手中濺灑了出來。

「我在芝加哥的報紙上看到了這條消息，」他說，「這件事都刊登在芝加哥的報紙上，我立馬就動身了。」

「我正不知道怎樣通知您呢。」

他的眼神很空洞、茫然，不停地掃視房間。

「是個瘋子幹的，」他說，「他肯定是瘋了。」

「您不想喝杯咖啡嗎？」我勸慰他。

「我什麼也不想要。我現在很好。請問您是……」

「卡拉韋。」

「呃，我現在很好。他們把吉米放在哪裡？」

我帶著他走進客廳停放他兒子的地方，然後就讓他待在那裡。幾個小男孩爬上臺階，朝門廳裡面窺探，當我告訴他們是誰來了，他們才很不情願地離開。

過了一會兒，蓋茨先生開門走了出來，嘴巴微微張開，臉上有點發紅，眼裡不時流下孤獨的淚水。到了這把年紀，他再也不把死亡看作駭人聽聞了，當他第一次環顧四周，看見門廳如此高大、輝煌，一個個大房間從這裡展開，又通往其他房間的時候，他的悲傷又開始融合一種充滿敬畏的自豪感。我把他扶到樓上的一間臥室，在他脫下外衣和背心的時候，我告訴他所有的安排都延後了，等到他來到之後再進行。

「我當時不知道您想怎麼置辦，蓋茨比先生——」

「我姓蓋茨。」

「——蓋茨先生，我還以為您也許要把遺體運到西部去呢。」

他搖了搖頭。

「吉米向來更喜歡待在東部。他是在東部才爬到這個位置的。你是我孩子的朋友吧，先生？」

「我們是很親密的朋友。」

「你知道，他本來前程遠大。他只是個年輕人，但在這裡，他很有頭腦。」

他慎重地摸了摸自己的腦袋，我點了點頭。

「假如他還仍然活著，他肯定會成為大人物，成為像詹姆斯·J·希爾[1]那樣的人，他肯定會有助於建設這個國家。」

「沒錯。」我難受地說。

1. 加拿大裔美國鐵路建築家、金融家。

他顫顫巍巍摸索著那床繡花床罩，想把它從床上扯下來，然後就僵直地躺下去，立刻睡著了。

那天夜裡，一個顯然受到驚嚇的人打來電話，他先要求知道我是誰，然後才要說出自己的名字。

「我是卡拉韋。」我說。

「哦……」他如釋重負地說，「我是克利普斯普林格。」

我也感到寬慰，因為如此一來，蓋茨比的墓前似乎就多了一個朋友。我不願將此事登報，引來一群觀光似的人，於是我就打電話通知了幾個人。他們可真難找。

「明天出殯，」我說，「下午三點，就從他家裡出發。我希望你能轉告願意參加的人。」

「哦，我會的，」他匆忙地脫口而出，「當然啦，我也不大可能見到什麼人，但要是能碰到，我定會轉告。」

他的語氣讓我懷疑了起來。

「當然，你本人要來哦。」

「呃，我當然會盡量來的。我打電話過來是要問……」

「等一下，」我打斷他的話，「先確定你要到場如何？」

「呃，實際上……實際情況是這樣的，我正在格林威治跟一些人待在一起，他們當然期待我明天和他們待在一起。實際上，明天有一場野餐之類的活動。當然，我會盡力推掉那邊再過來。」

我禁不住發出一聲「哼」，他肯定聽見了，因為他繼續緊張地說：

「我打電話過來，是要問問我留在那裡的一雙鞋。我想知道能否麻煩管家給我寄過來。你知道，就是那雙網球鞋，沒了那雙鞋，我的行動可真有點不方便。我的地址是經由B．F．……」

我沒等聽他說完那個名字，就掛上了電話。

此後，我為蓋茨比感到有些羞愧——我打電話去找的一位紳士，竟然還含蓄地暗示他的死是咎由自取。不過，那都是我的錯，因為當初有些人喝夠了蓋茨比的酒就鼓起勇氣大罵蓋茨比，而這個人就是其中之一，我本來應該進一步瞭解，而不是打電話給他。

出殯的那天早上，我到紐約去見邁耶·沃爾夫希姆。我似乎用盡了種種辦法都聯繫不上他。在一個電梯服務員的建議之下，我推開了那道有著「萬字元控股公司」標誌的門，起初裡面似乎沒有人，但在我大喊了幾聲「喂」都沒回應之後，一道隔板後面爆發出了一陣爭論聲，很快，一個漂亮的猶太女人就出現在裡面的一個門口，用充滿敵意的黑眼睛仔細打量我。

「人都不在家，」她說，「沃爾夫希姆先生到芝加哥去了。」

這句話的前半部分顯然是在撒謊，因為有人在裡面吹起了走調的〈玫瑰經〉口哨。

「請轉告說卡拉韋先生想見他。」

「我又不能把他從芝加哥拉回來，我有那個能力嗎？」

就在此刻，一個嗓音，無疑就是沃爾夫希姆的嗓音，從門的那邊叫了一聲：「斯特拉！」

「把你的姓名留在書桌上吧，」她迅速說道，「他一回來，我就會轉給他的。」

「可是我知道他就在裡面。」

她朝著我向前跨了一步，開始怒氣沖沖地把雙手在她的臀部上上下滑動。

「你們這些年輕人認為自己隨時都可以闖進這裡，」她責罵道，「我們都厭煩得要命了。我說他在芝加哥，他就在芝加哥。」

我提到了蓋茨比。

「哦……哦！」她又打量了我一番，「請您稍……請問您貴姓？」

她消失了。片刻之後，邁耶·沃爾夫希姆就莊重地站在了門口，伸出雙手。他把我拉進他的辦公室，用虔誠的嗓音說，對於我們大家，這都是悲傷的時候，他還請我抽雪茄。

「我還記得我第一次遇到他的時候，」他說，「那時他是一位剛退役的年輕少校，胸前掛滿了在戰爭中獲得的勳章。他窮得要命，不得不繼續穿著軍裝，因為他買不起平常的便服。當他走進第四十三街懷恩布雷納的彈子房去找工作時，我第一次看到了他。他已經兩天沒吃飯了。『來吧，跟我一起去吃午飯。』我說。半小時之內，他就吃掉了價值超過四美元的食物。」

「是你讓他開始做生意的嗎？」我問道。

「讓他？我造就了他呢！」

「哦。」

「我從零開始培養他，把他從水溝裡面拉出來。我一眼就看出他是一個英俊瀟灑、頗有紳士派頭的年輕人，當他告訴我自己是牛津畢業生，我就知道我可以好好用他。我讓他參加了美國退伍軍人協會，他在那裡的地位一度還很高。他馬上就到奧爾巴尼去給我的一個顧客辦了一件事。在一切事情中，我們都那樣親密無間……」他舉起兩根球莖狀的指頭，「……總是在一起。」

我想知道的是，這種夥伴關係是否也包括了一九一九年世界棒球聯賽的那筆交易。

「現在他死了，」我片刻之後說，「你是他最親密的朋友，因此我想知道今天下午你是否想來參加他的葬禮。」

「我很想來的。」

「那就來吧。」

他的鼻毛微微顫動，他搖頭的時候，眼裡噙滿了淚水。

「我不能來啊——我不能牽扯進去。」他說道。

「沒有什麼會牽扯進去的。現在一切都結束了。」

「每當有人遇害，我無論如何都絕不願意牽扯進去。我不會介入。但我年輕的時候，情況就不一樣——如果某個朋友死了，無論是怎麼死的，我都會陪著他們堅持到底。你也許覺得那是多愁善感，但我的意思是——陪著他們痛苦地堅持到底。」

我明白，由於他自己的某種理由，他決定不來參加了，於是我就起身告辭。

「你是大學畢業生？」他突然問道。片刻間，我還以為他打算提議一種「關係」，但他只是點了點頭，握了握我的手。

「讓我們學會在一個人活著時表達友情吧，而不是等到他死後，」他提議，「在人死後，我自己的準則就是不去管任何閒事。」

我離開他的辦公室時，天色暗了下來，我冒著濛濛細雨回到了西卵。換了衣服之後，我就到隔壁去，發現蓋茨先生在門廳裡興奮地走來走去。他對他的兒子及其財產的自豪感在不斷增長，此刻他又要給我看什麼了。

「這張照片是吉米給我寄來的。」他的手顫抖著掏出錢包，「看看。」

這是這座房子的照片，四角都裂開了，被很多手摸髒了。他熱切地向我指出每一個細節，「看看！」然後從我的眼裡尋求讚美。他把這張照片頻頻示人，因此我認為照片比房子本身還要真實。

「這是吉米寄給我的。我覺得這張照片很漂亮，照得很好。」

「是照得很好。你最近看過他嗎？」

「兩年前，他回家來看過我，給我買下了我現在住的那棟房子。當然，當他從家裡逃走的時候，我們很傷心，但現在我明白了他有自己的理由。他知道自己有遠大的前程。自從他成功以後，他就一直對我很慷慨。」

他似乎不情願收起那張照片，在我的眼前又遲遲地舉了一會兒。然後，他把錢包放了回去，又從口袋裡面掏出一冊破爛的舊書，書名是《牛仔凱西迪》[2]。

「你瞧，這就是他小時候讀的書。你看看就明白了。」

他翻開書的封底，轉過來給我看。在最後的那一張空白頁上，用印刷體寫著「作息表」一詞，日期是一九〇六年九月十二日。下面寫著：

起床……………………………………………………上午六：〇〇
舉啞鈴及爬牆練習…………………………………六：十五—六：三〇
研究電學等等……………………………………七：十五—八：十五
工作…………………………………………………八：五〇—下午四：三〇
棒球及其他運動……………………………………四：三〇—五：〇〇
練習演說、儀態及成功方式………………………五：〇〇—六：〇〇
研究有用的新發明…………………………………七：〇〇—九：〇〇

整體決心

不把時間浪費在沙夫特家或者【一個名字，字跡難辨】
不再抽菸或嚼菸葉
兩天洗一次澡

2. 美國作家莫佛德於一九〇四年創造的一個牛仔英雄角色。

每週讀一本讓人進步的書籍或雜誌
每週存5美元【劃掉】3美元
更加孝順父母

「我偶然找到了這本書，」老頭說，「你一看就明白了，對吧？」

「一看就明白了。」

「吉米註定要成功。他一直都在制訂一些諸如此類的決心計畫。你注意到他是怎麼提升自己嗎？他在那個方面始終很了不起。有一次，他說我吃東西跟豬一樣，我還揍了他一頓呢。」

他不情願地把書合上，大聲朗讀每一個條目，然後熱切地看著我。我認為他很期待我把那個作息表抄下來，供自己使用呢。

快到下午三點的時候，路德教堂的一位牧師從法拉盛趕來了，我開始不知不覺地看著窗外，期待有其他汽車駛來。蓋茨比的父親也一樣。隨著時間流逝，幾個僕人走進來，站在門廳裡等待，他開始焦急地眨眼，用一種憂心忡忡、猶猶豫豫的方式說到外面在下雨。牧師看了手表好幾次，因此我就把他拉到一旁，請他再等半個小時。但這毫無用處。沒有一個人來。

大約五點，我們三輛車組成的佇列抵達了公墓，在密密的細雨中停在大門旁邊——第一輛是黝黑得可怕、溼淋淋的靈車，接著是蓋茨先生、牧師和我坐的那輛豪華轎車，再後面就是四、五個僕人和西卵的郵遞員坐的蓋茨比的那輛旅行車，大家都淋得渾身溼透。當我們穿過大門進入公墓，我聽見一輛車停下的聲音，接著是有人踏著溼透的地面，一路濺著水從我們身後追上來的聲音。我回頭一看，原來是那個戴貓頭鷹眼鏡的人，三個月前的一天晚上，我發現他在蓋茨比的圖書室裡一邊看書，一邊嘖嘖稱奇。

從那以後，我就再也沒有見過他了。我不知道他是怎麼知道這場葬禮的，我甚至都不知道他姓甚名誰。雨水順著他那厚厚的眼鏡流了下來，為了看見那塊擋雨的帆布從蓋茨比的墓地上捲起來，他摘下眼鏡擦了擦。

然後我試圖回想一下蓋茨比，可是他已經離得太遠了，我只能想起黛西既沒拍電報來，也沒送花來，但我毫無怨恨。隱隱約約之中，我聽見有人在喃喃念出：「上帝保佑這位淋著雨的死者吧。」然後，那個戴貓頭鷹眼鏡的人用勇敢的聲音說：「阿門！」

我們陸陸續續地冒雨迅速走向汽車。那個戴貓頭鷹眼鏡的人在大門旁對我說話。

「我沒能趕到他家裡。」他說。

「其他任何人都沒能趕來。」

「不會吧！」他大吃了一驚，「唉，我的天！曾經有好幾百人去那裡參加他的派對啊。」

他又摘下眼鏡，把裡裡外外都擦拭了一遍。

「這傢伙真他媽可憐。」他說。

我最鮮明的記憶之一，就是在聖誕時節從預備學校以及後來從大學回到西部的情景。在十二月的一天傍晚六點，在一個老舊的聯合車站，那些前往芝加哥以外地方的人，會跟幾個已經洋溢著假日氣氛的芝加哥朋友小聚一下，和他們匆匆道別。我記得從某某私立女校回來的女生穿著的皮大衣，記得呼出氣來就凍結的嘰喳談笑聲，記得我們看見老朋友時在頭上揮動的手，記得相互比較收到的請柬：「你打算去奧德威家嗎？去赫西家？去舒爾茨家？」記得我們戴著手套的手裡緊緊抓著那長條形的綠色車票。最後還記得那芝加哥－密爾瓦基－聖保羅鐵路上的模糊的黃色車廂，在大門旁邊的鐵軌上看起來開心得就像耶誕節一樣。

當我們的火車離開月臺，駛入冬夜，那真正的雪、我們的雪就開始在兩旁伸向遠方，迎著車窗閃爍，威斯康辛州的一個個小站暗淡的燈光一晃而過，一種強烈而野性的寒氣出現在空中。我們吃完晚飯回來，穿過寒冷的通廊時，深深地呼吸這種寒氣，在一小時奇異的時間裡，難以言喻地意識到我們跟這片鄉土的共生性，此後我們才重新難以察覺地融入其中。

那就是我的中西部——不是麥田，也不是大草原，更不是失落的瑞典人小鎮，而是我青春而顫動的、還鄉的火車，是霜凍黑暗中的街燈和雪橇的鈴鐺聲，是聖誕的冬青花環透過亮燈的窗戶投射在雪地上的影子。我就是其中的一部分，因為那些漫長的冬天的感覺而有點嚴肅，因為在卡拉韋家長大而有點自滿——好幾十年來，在那個城市，大家的住所依然用家族姓氏來稱呼。我現在明白了：這終究是一個西部故事——湯姆和蓋茨比，黛西和喬丹還有我，全都是西部人，或許我們擁有某種共同的缺陷，難以捉摸地讓我們無法適應東部生活。

即便是在東部最讓我興奮的時候，即便是在我最敏銳地意識到它優越於俄亥俄河那邊的那些無趣、蔓生、膨脹的小鎮、那些只有孩子和很老的人才免於被八卦的小鎮的時候——即便是在那時，東部對我來說，也始終有一種扭曲失真的特質。尤其是西卵還容納在我那更稀奇古怪的夢裡。我把它看作艾爾．葛雷柯的一幅夜景畫：上百棟房子，既傳統又怪異，蹲伏在陰沉低垂的天空和暗淡無光的月亮下面。前景中，四個嚴肅的男人穿著大禮服，沿著人行道一路前行，抬著一副擔架，擔架上則躺著一個身著白色晚禮服、酩酊大醉的女人。她的一隻手垂了下來，閃爍著珠寶發出的寒光。那些男人嚴肅地拐進一座房子——走錯了地方。但是沒有人知道這個女人姓甚名誰，也沒有人關心。

蓋茨比死後，東部就那樣令我不得安寧，扭曲得讓我的眼睛無法矯正。因此，當焚燒枯葉的藍色煙霧裊裊上升到空中，當寒風把晾曬在繩子上的溼衣服吹得僵硬，我就決定回家了。

我離開之前，還要去做一件事，一件尷尬而令人不愉快的事，這件事也許最好放著不管，但我想把事情都整理得有條不紊，而不是希望讓那樂於助人的冷漠大海來掃走我留下的垃圾。我去見了喬丹‧貝克，詳詳細細地談了共同發生在我們倆身上的事情，以及後來發生在我身上的事情，而她文風不動地坐在椅子上，聆聽我說話。

她穿著高爾夫球服，我記得自己認為她看起來就像是一幅畫得很好的插圖，她的下巴得意揚揚地稍稍抬起，她的頭髮呈現秋葉的顏色，她的臉跟她放在膝蓋上的無指手套顏色相同。當我講完，她告訴我說她跟另一個男人訂婚了，並對此未作評論。我懷疑她的說詞，儘管她有幾個只要她點頭就可以結婚的男人，但我還是故作驚訝。一瞬間，我疑惑自己是否犯了錯，然後我迅速重新想了一遍，就起身告辭了。

「不管怎麼說，你都把我給甩了，」喬丹突然說，「你那天在電話上就把我給甩了。現在我對你毫不在乎了，然而對於我，這是新的經驗，我暫時覺得有點頭暈。」

我們握了握手。

「哦，你還記得——」她又說了一句，「我們曾經講過一場關於開車的對話嗎？」

「哎呀，記不太清楚了。」

「你當時說，一個糟糕的司機只有當她遇見另一個糟糕的司機時才會安全？呃，我不是遇上另一個糟糕的司機了嗎？我是指我粗心地做出了這樣一次錯誤的猜測。我還以為你是一個相當誠實又正直的人呢，我還以為那是你暗暗引以為豪的事情呢。」

「我三十歲了，」我說，「如果我再年輕五歲，我就可以對自己撒謊，並稱之為榮耀。」

她沒有回答。我對她生氣，又有些愛戀，心裡還感到惋惜，就轉身離開了。

十月下旬的一天下午，我看到了湯姆．布坎南。他正沿著第五大道走在我的前面，姿態十分機警而富於侵略性，雙手稍稍離開身體，彷彿要擊退前面的障礙，他的腦袋不停地左轉右動，以便適應他那雙不安的眼睛。正當我放慢腳步，以免趕上他，他卻止住了腳步，開始皺著眉頭朝一家珠寶店的櫥窗觀望。突然間，他看見了我，便往回走，向我伸出手來。

「尼克，怎麼啦？難道你不願意跟我握手了？」

「是的。你知道我是怎麼看你的。」

「尼克，你瘋了吧，」他趕緊說，「瘋得可怕了。我不知道你究竟怎麼啦？」

「湯姆，」我問道，「那天下午你究竟對威爾遜說了什麼？」

他一言不發地瞪著我，我知道我果然猜中了威爾遜失蹤的那幾個小時所發生的事情。我開始掉頭就走，可是他跟著我邁出了一步，一把緊緊抓住了我的手臂。

「我對他說的是實話，」他說，「他當時來到我家門前，而我們正要離開，當我讓人傳話下去說我們不在家的時候，他想要強行衝上樓來。如果我不告訴他那輛車的主人是誰，他就瘋狂得要殺死我。在我家裡的分分秒秒，他都把手插在口袋裡面，握著一把左輪手槍……」他突然中斷了話語，充滿挑釁，「我告訴了他又怎樣呢？那傢伙完全是咎由自取。他欺騙了你，就像他欺騙了黛西一樣，但他是個意志頑強的傢伙。他撞死默特爾，就像撞死條狗一樣，連車都不停下來。」

我無話可說，除了一個說不出來的事實：真相並非如此。

「你別以為我就沒有遭受痛苦——告訴你吧，當我去退掉那套公寓，看見他媽的那盒狗餅乾還擱放在櫥櫃上，我就一屁股坐下來，像嬰兒一樣放聲大哭起來。老天作證，這多麼可怕……」

我無法原諒他或喜歡他，但我明白，對於他，他所做的事情完全正當。這一切都非常粗心而混亂。湯姆和黛西，他們都是粗心的人——他們砸碎了東西，還讓人崩潰，然後就退縮到自己的金錢中，或者退縮到自己無限的粗心中，要不就退縮到那讓他們不分開的所有一切中，讓別人去收拾他們留下的爛攤子……

我和他握了握手。不握手似乎就太傻了，因為我突然感到自己彷彿在跟一個孩子說話。然後，他就走進那家珠寶店去買一串珍珠項鍊——或許只是去買一副袖扣，永遠擺脫了我這個纖細敏感的鄉下人。

我離開的時候，蓋茨比的別墅依然空著——他草坪上的青草長到跟我一樣高了。村裡的一個計程車司機載著客人經過時，都要在大門前停一下車，朝裡面指指點點。也許出車禍的那天晚上，正是他載著黛西和蓋茨比前往對面的東卵，也許他對此憑空想像出了一個故事。我不想聽到他說的話，因此我下火車的時候刻意避開了他。

每個星期六晚上，我都在紐約度過，因為蓋茨比的那些閃爍得令人眼花撩亂的派對，我記得多麼栩栩如生，因此我還能聽到音樂和笑語隱隱約約而又連續不斷地從他的花園中傳過來，聽到那些小車在他的車道上來來往往。有一天晚上，我確實聽到真有一輛汽車的聲音，看見車燈照射在他前門的臺階上，但我並沒有去探究。大概那是最後一個客人剛從世界的盡頭歸來，卻不知道這裡的派對早已曲終人散。

在最後的那個晚上，我把箱子準備停當，將車賣給了雜貨店老闆，我再次走過去看看這座充滿混亂和失敗的大房子。白色大理石臺階上，有一個猥褻的詞，是某個男孩用一塊磚塗鴉上去的，在皎潔的月光下十分醒目，於是我就將它擦掉了，用鞋子在石頭上擦刮，發出那種銼磨的刺耳聲。然後我漫步到下面的海濱，展開四肢躺在沙灘上。

現在，海岸的大別墅多半已經關閉了，除了一艘渡船越過海灣時移動的模糊光亮，四周幾乎沒有一絲燈光。當月亮升上更高的天空，那些無關緊要的房子就開始消失，直到我漸漸意識到這個古老的島嶼曾經為荷蘭水手的眼睛而綻放出鮮花——新世界清新、綠色的胸膛。它那些消失的樹木，那些給蓋茨比的別墅讓路的樹木，曾經慫恿、煽動，低聲回應人類最後的、最偉大的夢想，在一個倏忽即逝的著魔似的瞬間，人類肯定在這片大陸面前屏住了呼吸，不由自主進入一種他既不理解也不渴望的審美沉思之中，有史以來最後一次面對跟他那感受驚奇的能力相配的事物。

當我坐在那裡，念念不忘那個陌生的老世界時，就想起蓋茨比第一次認出黛西家的碼頭盡頭的那盞綠燈時表現出的驚奇。他歷經漫漫長路才來到這片藍色的草坪，他的夢似乎已近在咫尺，他幾乎不可能抓不住。他並不知道自己已經把那個夢丟在身後，就丟在城市那邊的那一大片模糊之中的某處，在那裡，夜色之下，黑沉沉的共和國田野向前起伏著延伸。

蓋茨比信奉那盞綠燈，那一年又一年在我們面前漸行漸遠的極樂的未來。那麼，它躲避我們，但那並沒有關係——明天我們將跑得更快，把我們的手臂伸得更遠……在一個美好的早晨——
於是我們奮力逆水行舟，又註定要不停地退回過去。

譯者簡介

董繼平

一九六二年生於重慶，著名詩人作家，一九九一年「國際加拿大研究獎」得主，一九九三年榮獲美國「艾奧瓦大學榮譽作家」稱號，曾任美國文學刊物《國際季刊》編委。二〇一六年簽約大星文化作家榜，翻譯《大亨小傳》。

大亨小傳 / 史考特 . 費茲傑羅著 ; 董繼平譯 . -- 初版 . -- 臺北市 : 時報文化 , 2019.09
面 ;　公分 . --（愛經典 ; 0024）　譯自 : The great Gatsby　ISBN 978-957-13-7940-1（精裝）

874.57　　108014055

本書根據美國紐約 Scribner 出版社一九九二年版 *The Great Gatsby* 譯出

作家榜经典文库®

ISBN 978-957-13-7940-1

Printed in Taiwan

愛經典0 0 2 4

大亨小傳

作者一史考特·費茲傑羅｜譯者一董繼平｜編輯總監一蘇清霖｜編輯一邱淑鈴｜美術設計一FE 設計｜內頁繪圖一Henry P. Raleigh｜校對一邱淑鈴｜董事長一趙政岷｜出版者一時報文化出版企業股份有限公司　台北市和平西路三段二四〇號四樓　發行專線一（〇二）二三〇六一六八四二　讀者服務專線一〇八〇〇一二三一一七〇五、（〇二）二三〇四一七一〇三　讀者服務傳真一（〇二）二三〇四一六八五八　郵撥一一九三四四七二四時報文化出版公司　信箱一一〇八九九臺北華江橋郵局第九九信箱　時報悅讀網一http://www.readingtimes.com.tw｜法律顧問一理律法律事務所　陳長文律師、李念祖律師｜印刷一勁達印刷有限公司｜初版一刷一二〇一九年九月十二日｜初版二刷一二〇二三年八月二十八日｜定價一新台幣三六〇元｜(缺頁或破損的書，請寄回更換)

時報文化出版公司成立於一九七五年，並於一九九九年股票上櫃公開發行，於二〇〇八年脫離中時集團非屬旺中，以「尊重智慧與創意的文化事業」為信念。